KB162103

여백을 채우는
사랑

여백을 채우는
사랑

延 series

윤소희

아
침
놀

여백에 숨겨 놓은

그날 밤 그가 책갈피 사이에 숨겨놓았던 말들이
내 손에 도착한 건
몇 년의 시간이 훌쩍 흐른 뒤였다

이 책 역시 내게 그렇게 왔다

여기저기 여백에 숨겨 놓은 문장들이
어느 날 문득 책으로 묶였다

여백을 남기고, 또 그 여백을 채우는 사랑
그 사랑을 내게 준 당신에게 이 책을 바친다

목차

2부. 여백을 채우는 사랑

3부. 사랑이라는 낡은 말

4부. 잘 닦인 창

여백을 남기고,

또 그 여백을 채우는 사랑.

순록들은 아주 느릿느릿 걸었다

1부

말
과

침
묵

사
이

목소리

강물처럼 흘러드는 낮고 깊은 목소리. 그런 목소리가 흘러 들어와 마음 깊은 곳을 울리면 나도 모르게 몸과 마음이 떨리곤 한다.

누군가와 연결되는 것, 누군가를 공감하고 그와 소통하는 것은 들음에서 시작되는 모양이다. 사랑하는 이의 목소리가 내면으로 흘러 들어와 깊은 곳을 건드리면 그동안 꼭꼭 닫아 두었던 감각들이 하나 둘 열리기 시작한다. 웃을 때 한쪽에만 조그맣게 패는 보조개, 늘 차가운 내 손을 그의 손 안으로 슬그머니 겹쳐 둘 때 느껴지는 따스한 감촉을 좋아한다. 하지만 시간이 지나도 가슴속에 남는 건 목소리다. 괜찮아 혼자가 아니야, 혹은 다독여 주는 듯 한 침묵까지.

어떤 침묵은 목소리로 시작해 내면으로 깊이 침투해 영혼을 울린다. 어쩌다 나와 공명하는 소리를 만나면 그 울림이 크고 아름답게 증폭되기도 한다. 그 작은 울림의 순간에도 공감할 수 있는 건, 태어나는 순간부터 소리와 함께 삶을 시작해 몸을 악기 삼아 자신만의 소리를 내며 세상을 살아가기 때문인지도.

베이징 1994 겨울

인천에서 배를 타고 하룻밤 자고 나니 갑자기 낯선 목소리가 나를 깨운다. 어두운 새벽, 군복을 입은 남자들의 지휘에 따라 천진 항에 내렸다. 희부옇게 먼동이 터오는 부두에 발자국 소리만 낮게 울려 퍼진다. 시키는 대로 줄을 맞춰 걷기 시작한다. 뒤통수에 닿는 숨소리가 빨라지자 내 심장도 덩달아 빨리 뛴다. 이제 정말 낯선 땅에 왔구나, 설렘도 금세 사라지고 어느새 낯선 남자들이 가리키는 버스에 올라탔다. 그중 한 명이 내게 뭔가를 여러 차례 물었으나, 한 마디도 알아들을 수 없었다. 그때는 국방색 코트를 입었다고 해서 모두 군인은 아니라는 사실도, 말끝마다 '얼(儿)'을 붙여 얼버무리는 것이 베이징 사투리라는 것도 몰랐다. 1994년 겨울, 중국은 그야말로 내게 미지의 땅이었다.

미지의 연인, 중국과의 인연은 사실 오래전에 시작되었다. 열다섯 살 때 갑자기 중국어를 배우고 싶다고 엄마를 졸랐다. 한국과 중국이 외교 관계를 맺기 전이었고, 중국어 붐도 없던 시절이다. 입시나 사는데 아무런 도움이 되지 않을 중국어를 그저 좋아서 배웠다. 그때 배웠던 '까오싼칭(高山青)~'이라든지 '하오이뚸모리화(好一朵茉莉花)~'로 시작하는 노래들은 30년이 지난 지금도 또렷이 기억하고 있다. 성조가 있는 그 언어가, 무슨 말을 해도 마치 시를 읊는 것 같아서 마냥 좋았다. 이국의 펜팔과 편지를 주고받듯 낯선 언어를 매개로 중국에 대한 그리움을 차곡차곡 쌓아갔다. 드디어 오래 그리워하던 연인과 두 달의 밀월을 보내게 된 것이다.

창 밖으로 펼쳐지는 이국적인 풍경을 넋 놓고 바라보는 사이, 버스가 어느덧 베이징에 있는 학교에 도착했다. 내게 배정된 기숙사 방문을 조심스럽게 열었다. 기숙사 내부는 우려했던 것보다는 깨끗했고 잘 정돈되어 있었다. 외국인 전용 기숙사의 시설 및 청결 상태가 중국인 기숙사와는 비교도 할 수 없이 좋다는 건 한참 지난 뒤에야 알게 되었지만. 어학연수를 위한 중국 행을 결정하기 전 가장 걱정했던 부분이 위생 문제였다. 어려서부터 결벽증이 있었기 때문이다. 학교에서 아이들과 도시락 반찬을 나눠 먹지 못했고, 내 수저가 아니면 밥을 먹지 못했다. 그런 내가 중국에 두 달 머무는 사이에 고질병을 싹 고쳤다.

물론 처음부터 괜찮았던 건 아니다. 학교에서 매일 마주치는 교수나 대학생들 머리에서 하얀 서캐를 발견할 때마다 질겁했다. 중국인들과 가까이서 대화를 할 때나 만원 버스에 몸을 실을 때마다 냄새 때문에 두통에 시달렸다. 하루하루가 힘들었다. 달랑 벽 하나를 사이에 두고 남녀만 구분했을 뿐, 문은 고사하고 바닥에 구멍만 뚫려 있는 화장실과 처음 마주쳤을 때는 당장 한국으로 돌아가고 싶었다. 거리에서 군고구마나 젠빙* 을 건네주는 시커먼 손을 보고 그것들을 먹지 못한

---

* 젠빙(煎餠): 여러 가지 곡물을 섞은 반죽을 납작한 냄비에 구운 중국 전통 빵

채 버린 적도 있다.

변화는 마음의 문을 살짝 여는 것으로 시작되었다. 중국인 친구들이 하나 둘 늘어가고 그들과 가까워지면서 눈에 보이는 겉모습 대신 내면을 볼 수 있게 된 것이다. 수업 시간에 만난 중국인 친구들은 머리에서 비듬이 떨어져도 눈에서는 빛이 났다. 중국의 역사나 문화에 대해 이야기할 때면 그들만의 짱짱한 자존감을 느낄수 있었다. 마음이 열리기 시작하자, 그들이 누런 이를 드러내고 웃으며 시커먼 손으로 나눠주는 먹을거리를 거리낌 없이 받아먹을 수 있게 되었다. 중국에 머무는사이 여위기는커녕 오히려 몸무게가 부쩍 늘었다. 귀국할 때 걱정하며 마중 나왔다가 내 모습을 보고 깜짝 놀라던 엄마의 표정을 지금도 잊지 못한다.

그때 슬쩍 열었던 마음의 문을 귀국 후에도 닫지 못했기 때문일까? 그 후로도 중국과의 인연은 면면히 이어지더니 중국에서 15년째 살고 있다. 가정을 이루고 아이를 낳아 키우기도 하면서.

오늘처럼 가루눈이 흩뿌리고 창 밖으로 뿌연 풍경이

펼쳐지면 1994년 겨울이 떠오른다. 달뜬 마음으로 배에서 내려 중국 땅을 처음 밟던 희붐한 그 새벽이.

살아있는 은빛

　작은 멸치잡이배는 바다로 나가기 전부터 몹시 흔들렸다. 배에 오르자 비린 냄새가 콧속으로 훅 스미고 단정하게 빗었던 머리는 금세 산발이 되었다. 갈매기 한 마리가 날아오르자 배가 천천히 항구를 떠난다. 꽤 높이 떠오른 태양, 어디를 봐도 바다와 하늘뿐이다. 그 많던 갈매기들은 다 어디로 갔을까. 그제야 시간이 꽤 흘렀고 배도 멈춰 선지 오래라는 걸 깨달았다. 한참 바쁘게 그물을 내리던 선원들이 담배를 태우며 기다리고 또 기다린다. 선원들이 싸워 이겨야 할 가장 큰 적은 거친 파도가 아니라 고독이라는 말을 들은 적 있다. 고독에는 이골이 난 듯 무표정한 선원들의 얼굴을 보니 그 말이 비로소 실감 난다.

배에 타기 전 선원들과 촬영 스텝들 사이에 실랑이가 있었다. 여자를 배에 태울 수 없다는 금기 때문이었다. 요즘에는 여자 선원들도 꽤 있지만, 그 당시만 해도 그 금기를 대부분의 배들이 지켰고 그 외에도 금기가 여럿 있었다. 휘파람을 불지 않는다거나 생선을 뒤집어 먹지 않는다, 아버지와 아들을 한 배에 태우지 않는다 등등. 변덕스러운 바다에 목숨을 맡겨야 하는 선원들로서는 미신인 줄 알면서도 금기들을 지키고 싶었을 것이다. 아무것도 없는 망망대해를 바라보고 서 있자니 처음 승선 거부를 당했을 때 좋지 않았던 감정의 앙금도 이내 사라졌다.

갑자기 선원들의 손길이 바빠진다. 그물이 걷어 올려지고 그 안에 빼곡히 들어찬 멸치들이 파닥파닥 뛴다. 국 끓일 때나 볶음 할 때 쓰는 말라비틀어진 멸치가 아니다. 통통하게 살이 오른 살아있는 멸치다. 도대체 몇 마리나 될지 헤아려볼 수도 없을 만큼 많은 멸치들이 살아서 힘차게 파닥거린다. 파닥파닥 뛰어오를 때마다 은빛 비늘이 햇빛을 받아 반짝인다. 자취를 감췄던 하얀 갈매기 떼가 어느새 몰려와 배 위를 맴돈다. 모든 것이 살아있다. 살기 위해 힘차게 뛰어오를 때마다 은빛으로 반짝이는 수많은 멸치 떼. 그처럼 아름답고 생동적인 은빛을 전에도 그 후로도 보지 못했다.

길게 바다로 드리웠던 그물을 힘차게 당겨 올린 선원들이 그물을 털기 시작했다. 그물 앞에 나란히 서서 두 손을 번갈아 박자에 맞춰 그물을 들어 올렸다 세차게 내리친다. 그때마다 멸치들이 리듬에 맞춰 튀어 오르며 그물에서 떨어져 나간다.

좀 더 가까이 다가가서야 선원들 얼굴에 뿌려지는 은빛 가루들이 멸치의 살점이라는 걸 알았다. 은빛 살점 뿐 아니라 멸치의 핏방울도 쉴 새 없이 쏟아진다. 선원들이 꾹 눌러쓴 챙 있는 모자도 멸치의 살점과 핏방울 세례를 막아 주기에는 부족해 보였다. 배를 탔을 때 맡았던 독한 비린내의 정체를 그제야 알았다. 그물 사이사이에 남아있던 멸치 살점들이 뿜어내는 죽음의 냄새

였던 것이다.

멸치의 살점과 핏방울을 비처럼 맞으며 묵묵히 리듬에 맞춰 그물을 터는 선원들과 마지막까지 파닥거리며 은빛을 뿜어내는 멸치들을 가만히 바라본다. 요란하거나 소란 떨지 않고 묵묵히, 그러나 리듬을 타듯 경쾌하게 이 치열한 삶을 살아낼 수 있을까. 죽기 전에 단 한 번이라도 파닥거리며 그토록 찬란한 은빛을 뿜어낼 수 있을까.

뒷모습

뒷모습은 정직하다. 얼굴처럼 진의를 숨긴 채 웃음을 가장하거나 거짓 슬픔을 드러낼 줄 모른다.

정성 들여 빗어 내린 풍성한 머리채나 심혈을 기울여 손질한 뒷머리는 아마도 당신을 부르는 손짓일 것이다. 머리를 틀어 올리거나, 긴 머리채를 싹둑 잘라 드러낸 허연 목덜미는 당신 눈길의 수천 갈래 애무를 기다리는 간절함인지 모른다. 무방비한 채 드러낸 등은 어쩌면 당신에게 보내는 무한한 신뢰일지도. 반대로 뒤도 돌아보지 않고 성큼성큼 가버리는 싸늘한 뒷모습은 식어가는 연애의 온도를 드러내는 것이리라. 그토록 냉정하게 사라지는 등은 다시는 돌아오고 싶지 않다고 말하고 있는지 모른다.

　말할 듯 말 듯 망설이는 연인을 온전히 읽어낼 수 없다면 그의 등 뒤로 두 손을 마주 잡아 보아야 한다. 사랑하는 이를 포옹한다는 건 그의 등 뒤로 두 손을 마주 잡는 것이다. 섬세한 손길로 더듬어갈 때, 비로소 등위에 점자로 새겨진 문장은 해독될 수 있다. 누군가의 등, 그 미세한 떨림을 읽는 일은 지극히 섬세한 손끝에 전 존재를 거는 집중을 요한다.

말과 침묵 사이

　수많은 말들이 쏟아져 나왔고 누군가는 그 말들을 열심히 퍼 날랐다. 방향을 모르는 산탄처럼 말 한마디를 쏘면 깨알 같은 탄알들이 사방으로 흩어졌다. 산탄에 맞고 쓰러져 신음하는 소리가 여기저기서 들려온다. 말이 칼이라는 생각을 하며 살아왔는데, 칼은 한 번에 하나의 대상을 벨 뿐 이렇게 무차별 사격을 하지는 않을 것이다. 산탄에 여기저기 맞은 상처를 보며 입을 다물었다.

　침묵이 잠시 위로가 되었지만 그마저도 안전한 건 아니었다. 아프든 말든, 울든 말든, 홀로 외로워하든 말든

상관하지 않겠다는 차가운 침묵이 마음을 멍들이기도
했다. 말이 산탄이라면 침묵은 저주파 음파 병기다. 눈
에 보이지도 귀에 들리지도 않지만 어느새 심각한 손상
을 입히는.

말과 침묵 사이,
나도 모르게 자꾸만 머뭇거린다.

어떤 말은 눈처럼

새벽 네 시 반 잠이 깨어 나와보니 온 세상이 하얗다. 서걱서걱, 눈 내리는 소리인지 내 속에서 나오지 못한 말들이 서로 비벼대는 소리인지. 기우뚱하는 몸의 균형을 맞추며 얼른 사진 한 장을 찍었다. 넘어지지 않도록 조심하는 게 우선인 줄은 알지만 금세 사라져 버릴 이 순간을 잘 담아두고 싶었다. 꼬박 2년 만에 아빠를 만나고 돌아오자 좀처럼 눈이 오지 않는 베이징에 눈이 내린다.

아빠가 네 식구를 두고 다른 삶을 찾아 떠난 지 20년. 남은 식구들은 마주치기만 하면 깨진 마음의 파편으로 서로를 찌르거나 찢었다. 악다구니를 쓰면 쓸수록 파편에 맞은 상처는 진물을 내며 곪아갔고 결국 시골로, 반지하 셋방으로, 그리고 멀리 타국으로 우리는 뿔뿔이 흩어져 혼자가 되었다.

10년쯤 흐른 후 다시 만났지만 이산가족 상봉 장면에서 보던 격정적인 기쁨 같은 건 없었다. 새 식구가 생긴 집에서 나는 손님처럼 반듯한 대접을 받았고, 나 역시 잠시 들른 객처럼 격을 갖췄다. 긴 시간 고아로 지내온 타성 때문일 수도 있고 더 이상 무너지고 싶지 않은 안간힘일 수도 있다. 진돗개들이 펄쩍 뛰며 아빠에게 안길 때, 문득 어릴 적 기억이 떠오르기도 했지만 기억속 다정한 부녀의 모습은 어쩐지 낯설기만 하다.

개의 머리를 쓰다듬던 아빠가 고개를 돌려 내게 물었다. 멀쩡히 살아있는 아비를 두고 왜 다른 '아버지'가 필요하냐고. 그 순간 많은 장면들이 머릿속을 스쳤다. 도피하듯 떠나 빚으로 시작한 유학 생활, 빚이 눈덩이처럼 불어나자 밤마다 가위에 눌리고 수면제를 먹어도 잠들지 못하던 밤들. 밥 대신 술을 들이부으며 스스로에게 함부로 하던 시간들. 목숨마저 놓아버리고 싶던 그때 내게 손 내밀어준 건 바로 다른 '아버지'였다. 그때 아빠는 어디에 있었느냐는 말이 혀끝에 눈송이처럼 잠시 매달렸다 녹아버렸다.

어떤 말은 하면 할수록 더 전해지지 않는다. 그럴 때는 입을 다물고 가만히 듣기만 한다. 아무 말 없이 사진 한 장을 찍었다. 어두운 새벽 하얀 눈길을 만나는 것처럼 자주 오지 않는 그와의 순간을 잘 담아두고 싶어서. 입 밖으로 나오지 못한 말들이 눈이 되어 서걱서걱 내린다. 어떤 말은 가슴에 가만히 쌓여갈 것이라 믿는다. 내가 잠든 사이 세상을 하얗게 덮어버린 눈처럼.

편지

편지는 누군가에게 떼어 주는 마음 조각, 쓴 사람의 의도와 관계없이 여기저기 날아다니며 제 삶을 살아간다.

언젠가는 일흔 즈음의 할머니가 적어 놓은 연애편지를 본 적이 있다. 손주에게 낙서할 폐지를 건네주다 실수로 내주었을 것이다. 아마도 부치지 못했을 편지. 손으로 한 글자 한 글자 꼭꼭 눌러 적은 글씨들은 나비처럼 '포르르포르르' 날아오르는 듯했다. 연인이 이별을 통보한 모양이었다. 그녀는 원망하지 않고 빛났던 순간들을 추억하며 기쁘게 연인을 보내주겠다고 썼다. 괜히

콧날이 시큰해져 편지를 슬그머니 그녀의 책상 위에 올려놓았다. 우연찮게 마음 한 조각을 들여다본 후 나는 그녀가 조금 더 좋아졌다.

때로는 쓴 사람의 진심보다 남아 있는 문장 한 줄이 더 진실이라 여겨지기도 한다. 회수되지 못한 연애편지 속의 그녀는 여전히 그를 사랑한다. 설사 현실에서 그녀가 다른 사람을 사랑해 결혼을 하고 아이를 몇 낳은 후라 할 지라도. 어떤 이는 문장 한 줄이 증거가 되어 전과자가 되기도 하니, 문장의 무게는 결코 가볍지 않다. 그럼에도 여전히 마음 조각을 떼어 편지에 담는다. 찰나에 존재했다 사라질 순간과 함께.

편지를 쓰고 있던 나는 그 편지 안에서 또 다른 삶을 살아간다고 믿는다. 종이 위에 담겨 흩어진 열여섯 살의 나, 스무 살의 나, 서른세 살의 내가 지금도 어딘가에서 잘 살아가고 있겠지. 하나의 선으로 이어진 시간의 틀을 슬쩍 넘어.

헌책을 읽는 법

책 표지 뒤에 적어 놓은 짧은 편지를 읽고, 스무 권이 넘는 소설을 선물했던 그녀의 이름을 알아버렸다. 그녀가 연하의 연인을 사랑했다는 것과 책들이 연인의 스물일곱 번째 생일 선물이었다는 것, 그리고 그녀의 예감마저.

사랑이 담긴 선물을 헌책방에 팔아 치운 건 그녀의 연인이었지만 미안한 건 나였다. 어쩐지 그녀의 사랑 이야기와 추억을 돈 주고 사버린 것 같아서.

한동안 갈피를 잡지 못했던 마음을 다독이며 소설을 읽기 시작했다. 소설 속 인물들의 이야기가 펼쳐지는 가운데 나는 젊은 연인의 이야기를 함께 읽었다. 짧게 끼어들어간 액자 소설처럼. 하지만 이야기는 생각보다 금세 끝이 났다. 책 한 권을 끝까지 읽을 수 없던 그와의 이별은 어쩌면 당연한 결말이었을지도.

책장을 덮은 후 며칠 가벼운 몸살을 앓았다. 소설 속에 등장하는 복잡한 가계도를 이해하는 것보다 책의 주인이었던 연인의 짧은 이야기를 마음에 들이는 것이 더 힘들었던 모양이다. 두 사람이 잠시 포개어졌던 그 시간의 일부를, 그들 이야기와 마음 한 귀퉁이를 내 안에 담느라 신열이 났다. 열이 내린 아침, 희미하게 새어 드는 빛을 보며 어쩐지 더 이상 예전의 내가 아닌 것 같아 내 몸 여기저기를 꾹 눌러보았다.

연민

한창 젊은 나이에 나는 사랑을 할 때마다 엉뚱한 것들에 클릭이 되곤 했다.

"내가 학벌이 안 좋아서, 못 생겨서, 키가 작아서, 능력 없는 백수라서, 고아라서, 찢어지게 가난해서, 몸이 아파서, 불구라서, 전과자라서, 살인자라서, 괴물이라서, 짐승이라서…… (생각해낼 수 있는 모든 악조건을 넣을 수 있다) 나를 안 만나 주는 거죠?"

이 한 마디면 내 사랑을 얻어낼 수 있었으니 지금 생각하면 가슴이 서늘해진다. '사랑'이라 부른 관계들이 금세 시들어버리는 걸 보면서 항상 의아했다. 왜 이렇게 변덕이 심할까. 왜 사랑을 지속할 수 없을까. 왜 사랑한다고 믿었던 사람이 얼마 가지 않아 죽도록 혐오스러워지는 걸까. 늘 자책하며 괴로워했는데, 한참 지나고 보니 알겠다. 사랑이라 믿었던 감정이 그저 사랑의 탈을 쓴 연민일 뿐이었다는 걸.

"제대로 다루지 못하는 연민은 무관심보다도 더 좋지 않은 결과를 가져옵니다."*

연민을 사랑과 혼동함으로 상대에게도 내게도 상처만 입혔다. 제대로 조절하지 못하거나 제때 손을 떼지 못하면 연민이 독이 된다는 것도, 비록 선의로 시작했어도 나약하고 감상적인 연민은 결코 도움이 될 수 없다는 것도 몰랐던 것이다.

이제 연민을 사랑으로 혼동해 빠져드는 일은 없다. 하지만 바깥에서 대상을 찾지 못한 연민이 안으로 시선을 돌리기 시작했다. 자기 자신을 위해 흘리는 침울하고 질척한 눈물은 얼마나 추한가. 자기 연민, 자학, 자기 비하 등은 아무리 예쁘게 포장해도 도무지 아름다울 수 없다.

---

* 슈테판 츠바이크 〈초조한 마음〉 중

연민, 다루기 힘든 칼
이제 슬그머니 내려놓는 게 좋지 않을까
더 이상 밖으로도 안으로도 겨누지 말고

사랑이란 케루비노가 이해한 바와 같이

자기 바깥에서 좋음을 발견하는 것

_ <정치적 감정 >* 중에서

---

* 마사 누스바움 지음, 박용준 옮김, 글항아리

어떤 말은 하면 할수록 더 전해지지 않는다

눈, 꿈

　두툼한 커튼을 걷자 쏟아지는 하얀빛, 춥다는 것도
잊고 창문을 활짝 열었다. 강아지도 아니건만 밤새 내
린 눈 위를 경중경중 뛰고 싶다. 십여 년째 눈이 귀한 곳
에 살고 있기 때문일까. 상하이는 겨울에도 좀처럼 영
하로 내려가지 않아 눈 대신 비가 내린다. 베이징은 춥
지만 건조해 눈이 거의 오지 않는다. 그래서 겨울 하면
눈 대신 추적추적 비가 내리는 스산한 날씨나 맵고 쨍
한 찬바람을 뚫고 벌거벗은 가로수 사이를 걷는 황량한
풍경이 먼저 떠오르곤 한다.

　눈이 귀한 베이징에 오랜만에 폭설이 내린 겨울, 온

세상이 하얀 눈으로 덮인 풍경이 상서롭게 여겨졌다. 때마침 삶에서 많은 것들이 새로 시작되었기 때문인지, 그 후로 내게 눈은 곧 꿈이었다.

온통 눈과 꿈으로 덮인 곳에 가 본 적이 있다. 전 세계에서 산타에게 보낸 편지들이 눈처럼 쌓여있는 핀란드 로바니에미. 촬영을 위해 거구의 산타와 함께 순록두 마리가 끄는 작은 썰매에 앉았다. 동화나 영화에서처럼 날아오르는 대신 순록들은 아주 느릿느릿 걸었다. 힘겹게 걸음을 내딛는 순록을 보며 썰매에 앉은 나는 웃을 수 없었다. 넓은 눈밭을 반 바퀴도 채 돌지 못해 순록의 앙상한 뿔이 모두 뽑혀 나갔기 때문이다. 마침 뿔갈이 시즌이었다고는 해도 뿔이 빠지도록 힘들게 썰매를 끌던 순록을 보며 누군가의 꿈이 다른 이를 아프게할 수 있다는 걸 알았다.

펄펄 내리는 함박눈을 본 일이 언제던가. 이제는 어쩌다 눈이 와도 가루처럼 포슬포슬 내리다 발자국만 겨우 내는 자국눈이다. 꿈도 눈도 너무 쉽게 녹아 사라진다. 자꾸만 사라지는 눈도, 꿈도 아쉬워 제설기로 인공

눈을 뿌려보지만 억지로 만들어낸 눈은 빈틈이 너무 없다. 빈틈이 많아 밟을 때마다 뽀드득 소리를 내고 또 그래서 서로 잘 뭉쳐지는 눈, 저마다 다른 결정으로 아름다운 눈.

　그런 눈, 그런 꿈이 그립다.

국숫집

혼자 묵묵히 면발을 건져 먹고 있는 구부정한 등을 보자 그 속에 들어가 섞이고 싶었다. 열 명이나 앉을 수 있을까. 김이 모락모락 나는 국수 한 그릇이 바 건너편에서 넘어온다. 하나로 이어진 바 테이블 이편저편에서 후루룩 소리가 들려온다. 잠깐 모여 국수 한 그릇씩 먹고 곧 헤어질 사이. 묵묵히 저마다의 방식으로 국수를 먹는다.

흐릿하게 경계를 허물며 땅거미가 내려앉는 저녁, 문득 누군가의 안부가 궁금해진다.

어둠이 허기 같은 저녁

눈물자국 때문에

속이 훤히 들여다보는 사람들과

따뜻한 국수가 먹고 싶다

_「국수가 먹고 싶다」 중 일부, 이상국

버려진 일기장

일기장의 주인은 상상이나 할 수 있을까? 자신의 내밀한 기록이 누군가의 손에 들어가 집요하게 해석되고 먼 이국 땅에서 한 장 한 장 까발려져 전시되고 있다는 것을.

사랑했던 로리(Laurie)가 떠났다. 일기장의 주인은 로리의 부재를 견디지 못해 그녀와의 소중한 추억이 담긴 일기장을 일부러 태운다. 그가 꿈꾸던 미래에는 언제나 로리가 있었지만 로리의 마음은 늘 다른 곳에 가 있었다. 일기장은 행복한 추억보다 로리를 향한 그의 고통스러운 몸부림으로 가득했다. '충족된 연인은 글을 쓸 필요도, 전달하거나 재생할 필요도 없다'는 롤랑 바르트의 말처럼 로리와의 사랑이 행복하기만 했다면 그 일기장은 존재하지 않았을 것이다.

그는 일기장에 불을 붙였지만 차마 남김없이 태워 버리지는 못했다. 로리가 남긴 상처와 고통마저 그에겐 소중했을 테니까. 그을렸지만 살아남은 일기장은 작가*에게 발견되어 새 생명을 얻었다. 프랑스 유학 시절 쓰레기 더미에서 찾은 이국적 문양의 두툼한 일기장에 흥미를 느낀 작가가 그걸 해독하기 시작한 것이다.

기억은 기록과 다르다.

일기장 주인이 기억하고 있는 로리와 일기장에 적힌 로리는 다르다. 더구나 불에 그을려 지워진 기록은 더더욱 다르다. 남겨진 기록을 해석해 전시한 작품을 보고 내가 읽어낸 로리는 따라서 현실의 로리와는 완전히 다른 인물이다. 하지만 기억과 기록을 더듬는데 그것이 얼마만큼 사실이냐는 그리 중요하지 않을지 모른다. 버

---

* 유지원. 작품은 해동문화예술촌에서 〈날 것, 그대로의 것〉이란 제목으로 전시됨.

려진 일기장에서 읽어내는 건 어차피 일기장 주인의 이야기가 아니니까. 까맣게 타다 남은 일기장을 한 장 한 장 넘기며 각자 자기 기억에 남아 있는 '로리'를 떠올릴 뿐이다.

한때 두툼한 일기장을 빼곡히 채워가게 만들었던 나의 '로리' 역시 나를 늘 외롭고 아프게 했다. '로리'와 헤어졌을 때 나는 일기장을 태우지 않았다. 대신 글씨를 알아볼 수 없을 만큼 잘게 찢어버렸다. 나의 '로리'는 누군가의 손에 들어가 작품으로 부활할 수 있는 기회는 잃었지만 대신 내 기억 속에서 점점 희미해지는 비밀로 남을 수 있었다.

"사람이 비밀이 없다는 것은 재산 없는 것처럼 가난하고 허전한 일이다."
_ 이상 <실화> 중 일부

전시를 보고 나와 마당을 잠시 걸었다. 막걸리를 만들던 폐주조장을 개조해 새롭게 만든 공간. 한때 소중

했지만 가치를 잃고 버려진 것들이 이렇게 새로운 생명을 얻는 걸 보는 일은 늘 반갑다. 그럼에도 젊은 시절 내 일기장이 소멸되어 다행이라는 생각이 들었다. 기록 속에 남아 있던 고통은 모두 지우고 기억 속에 나의 '로리'를 아름답게 남기고 싶기 때문이다.

비를 맞아 낡은 펌프에서 똑똑 떨어지는 물방울과 흔들리는 꽃잎을 바라보며 우산을 접었다. 안개처럼 가늘게 내리는 비에 잠시 젖어도 좋을 것 같았다.

시(詩)

술에 취하지 않고는 단 한 시간도 깨어 있을 수 없던 시절이 있었다. "그리고 나 자신을 총으로 쏘고 싶었다"는 키르케고르 일기의 한 구절처럼, 스스로에 대한 지독한 환멸과 외로움, 처절한 무력감으로 도무지 맨정신으로는 견딜 수 없던 날들. 나를 알던 모든 이들이 약속이라도 한 듯 하루아침에 사라져 버렸을 때, 내가 할수 있는 일은 고작 그 빈자리에 술을 들이붓는 것뿐이었다. 이가 빠진 자리에 솜을 넣고 악물며 피 비린내를 삼키듯 그렇게 술을 마셨다.

새파랗게 젊던 그때, 만일 시를 읽을 수 있었더라면

세상 모두가 나를 잊어버려 어느 누구 하나 곁에 없어도 '바람에게, 물결에게, 별에게, 새에게, 시계에게' 말을 거는 법을 배웠을 텐데. 술이 아닌 다른 것에 취할 수 있다는 걸 알았을 텐데*.

술을 아무리 들이부어도 채우지 못하던 텅 빈 구멍, 시는 빈틈없이 천천히 차오른다. 그리고 어느 날 문득 밖으로 흘러넘친다.

---

* 보들레르 「취하라」 중

곁을 지켜주는 사람

씩씩하게 거리를 걷고 있었다, 그 말을 듣기 전까지
는. 갑자기 모르는 여자가 뒤에서 내 팔을 톡톡 치더니
한 마디 던지고 사라졌다.

"Your underwear is showing! (속옷이 보여요!)"

그게 언제, 어디였는지 기억나지 않는다. 또 그 말을
해준 여자가 젊었는지, 나이가 많았는지, 금발이었는
지, 흑인이었는지조차 까맣게 잊었다. 그저 그 말 한마
디만 또렷이 기억날 뿐.

그렇게 부끄러웠으면서 정작 그때 보였다는 속옷이
무엇이었는지도 기억에 없다. 스커트 아래 삐져나온 하

얀 속치마였을까, 아니면 스커트 자락 일부가 어딘가에 끼어 올라갔던 걸까.

속옷이 보였다는 사실보다 알지도 못하는 누군가에게 그것을 지적당했다는 것이 더 부끄러웠던 것 같다. 그녀는 나를 배려하는 마음에 언질을 준 거겠지만 내게 끼친 영향은 오히려 참혹했다. 뒤를 돌아보며 수습하려고 하면 할수록 더 많은 사람들의 시선을 받았다. 그녀는 지적을 하고 유유히 사라져 버리면 그만이지만 나는 쏟아지는 시선 속에서 쩔쩔맬 수밖에 없었던 것이다.

간혹 내 앞에도 올 나간 스타킹을 신었거나 속옷이 비어져 나온 줄 모르고 걸어가는 이가 보인다. "속옷이 보여요"라는 말만 던지고 사라지는 쪽이 아니라, 뒤에서 가려주며 그걸 해결할 때까지 곁을 지켜주는 사람이고 싶다.

마음의 문단속

계절마다 누군가를 떠나보냈다. 이제 익숙해질 법도 한데 이별만은 많이 한다고 느끼는 게 아닌 모양이다. 어떤 이들은 새로 오는 이들에게 아예 마음을 주지 않는다. 언젠가 그들과 헤어져야 하는 걸, 또 그 이별이 가슴에 상처를 남길 걸 알기에 고슴도치처럼 가시를 세우는 것이다. 그 '언젠가'는 늘 생각보다 일찍, 그리고 불쑥 찾아온다. 그래서 더욱 마음의 문을 걸어 잠그게 된다.

나 역시 그래 본 적이 있다. 절대 마음의 문을 열지도, 친해지지도 않을 거라 다짐하던 시간들. 하지만 마음의 문단속은 생각처럼 쉽지 않았다. 문을 걸어 잠갔다고 생각했는데 문이 아닌 다른 곳이 뚫리고는 했다. 문과 문지방 사이의 틈이나 살짝 금이 간 유리창 같은. 존재하는 줄도 몰랐던 그 작은 틈으로 내 마음은 종종 새 나갔고, 그러면 누군가를 또 좋아하고 아끼게 되었다. 그렇게 아끼던 누군가를 보내고 나면 눈가에 희끗희끗 소금꽃이 피었다.

수많은 이별 후에도 여전히 나는 마음의 문단속이 어렵다. 작은 틈새로 슬그머니 새어 나가는 마음을 이제는 알면서도 모르는 척한다. 저만치 새어나가는 마음을 쫓아 붙드는 대신 마음이 나간 바로 그 틈으로 들어오는 연한 바람을 맞아들인다. 그 바람을 코로 마시고 입으로 후후 불어내며, 그제야 그 틈이 바로 내 숨구멍이라는 걸 뒤늦게 알아챈다.

바람에게 · 물결에게 · 별에게 · 새에게

2부

여백을 채우는 사랑

빛

비가 와서 다행이라는 생각이 들었다. 믿기지 않는 우울한 소식에 비를 핑계 삼아 하루 종일 멍하니 누워 있기로 했다.

그런데 얼마 안 있어 거짓말처럼 비가 그치고 해가 났다. 비를 피해 처마 밑으로 밀어 두었던 빨래를 다시 마당에 널었다. 눅눅하던 빨래들이 햇볕 아래 뽀송뽀송 말라간다. 계획에 없었지만 숙소를 나섰다. 핑계 댈 비조차 그쳐버렸기 때문이고 빛이 들어와 너무 밝아진 방 안에는 떠다니는 먼지만 눈에 띄었기 때문이다.

한바탕 내린 비로 영산강은 흙탕물이 되었지만 고요

히 흐르는 수면 위로 드리운 하늘은 더없이 맑았다. 투명한 하늘에서 쏟아지는 햇빛은 흙탕물마저 자신의 빛을 반짝이도록 돕는다. 혼탁해진 저 물도 잠시 후면 앙금이 가라앉고 다시 맑아지겠지. 비가 쏟아질 땐 모든 것이 뒤섞이고 소란스러운 게 당연하다. 더구나 예기치 못한 갑작스러운 비라면. 충격적인 사건으로 많은 말들이 비처럼 쏟아지는 지금, 저 물처럼 잠잠히 흐르고 싶다. 모든 찌끼들이 가라앉고 맑은 물이 남을 때까지 고요히.

　늘어선 나무를 따라 한 방향으로 걷다 보니 메타세쿼이아가 죽 늘어선 길이 나타났다. 빗물에 말갛게 씻긴 나뭇잎들이 반짝인다. 싱싱한 초록빛이 마음의 어둠을 씻어 낸다. 어둠과 우울을 훔쳐낸 눈으로 다시 바라본 하늘은 아름답지만 몹시 시리다. 먼지 낀 눈으로는 빛을 보아도 시리지 않을 것이다. 이 시린 아픔을 기억해야지. 모든 티와 거짓을 걷어내고 본 진실은 어쩌면 이렇게 시릴 지 모른다. 그럼에도 진실을 보고 싶다면 시림을 견뎌야겠지.

눈이 부셔 조금 찡그린 채 메타세쿼이아가 늘어선 길을 따라 천천히 걸었다. 햇빛 아래 모든 것들이 어떻게 달라 보이는지 세심히 바라보면서. 햇볕에 간을 널어 말린다는 이야기 속 토끼처럼, 잔뜩 젖어있는 심장을 꺼내 맑은 햇빛 아래 말리고 싶다. 곁에서는 절대 보이지 않는 음험한 속내와 단정치 못한 욕망, 부끄러운 치기도 함께.

밝고
깨끗하고
따뜻한
빛.

아무리 더러운 얼룩이나 어두운 그림자도 빛 가운데 던지면 그 자체로 찬란한 빛이 된다. 한없이 이불속으로 기어들어가고 싶던 오늘, 빛 가운데로 나오길 잘했다. 숙소를 나올 때와는 달리 보송해진 마음으로 돌아간다. 마당에서 잘 말라가고 있을 빨래처럼.

비밀 이야기

담양에 오니 소리들이 우르르 나와 나를 맞는다. 바람 소리, 빗소리, 우렛소리, 새끼 고양이 울음소리……닫혀 있던 귓바퀴를 활짝 열어젖히고 소리가 들어가는 길목에 쌓여 있던 먼지를 떨어냈다.

활짝 열린 귀로 대숲에 들어가 잠시 눈을 감아본다. 누군가의 집에 초대되어 가면 모자를 벗고 고개 숙여 인사를 하듯, 대숲에 들어가면 마땅히 눈을 감고 댓잎에 스치는 바람 소리를 들어야 한다. 텅 빈 마디마다 담아 놓은 이야기들이 바람을 따라 슬며시 흘러나오는 소리에 귀 기울여야 한다. '임금님 귀는 당나귀 귀' 하며 대나무 마디에 속삭이듯 담아 놓은 수많은 비밀 이야기를 듣기 위해서는 눈을 감고 오래 머물러야 한다.

수많은 이야기들이 바람과 함께 흐르지만 대숲이 내게 들려주고자 하는 이야기는 따로 있다. 그 이야기에 채널을 잘 맞추었다면 감았던 눈을 스르르 떠야 한다. 모든 감각을 활짝 열고 대나무가 오랜 시간 숨겨두었던 이야기를 듣는다. 바람에 떨어지는 댓잎들이 춤추듯 흔들리는 모양, 흔들리는 댓잎 사이로 비쳐 드는 햇살이 만들어낸 무지개, 바람의 속도에 맞춰 끊임없이 모습을 바꾸는 그림자, 코를 살짝 주무르듯 건드리고는 머릿속으로 시원하게 퍼지는 대나무 냄새, 내 손안에 이야기를 슬쩍 놓고 가는 바람의 간질임.

나는 안다, 내 속 깊은 곳에 있던 비밀 이야기가 대나무 텅 빈 마디에 잘 담겼다는 것을. 입술 한 번 꿈쩍이지 않았지만 바람이 나도 모르게 한 일이다. 속앓이 하던 이야기의 무게가 절반으로 줄자 마음이 가벼워졌다. 조금 가벼워진 몸으로 다시 발걸음을 내딛는다. 대숲 사이로 난 길을 걷는 내내 나는 조금씩 더 가벼워진다.

조금이라도 더 남겨 보겠다고 대나무 줄기에 상처를 내며 이름을 새기고 사랑을 다짐한 이들은 아마 모를 것이다. 날카로운 칼을 들고 대나무에 생채기를 내어도 다 새길 수 없는 이야기를 대숲 안에 오래오래 담아 둘 수 있는 법이 따로 있다는 것을.

　상처 난 대나무 줄기를 살살 어루만지며 대숲을 나왔다. 이곳에서 나는 좀 더 천천히 걷고 가끔 멈추고 눈을 자주 감으려 한다. 담양에는 귀 기울여야 할 이야기가 많기 때문이다.

울음소리

가느다란 울음소리에 깜짝 놀라 고개를 두리번거렸다. 금방이라도 고양이 한 마리가 튀어나올 것 같았기 때문이다. 낡은 한옥을 개조한 숙소 구석구석을 뒤졌지만 고양이의 모습은 끝내 보이지 않았다.

여리고 애절한 울음소리의 주인은 새끼 고양이가 분명하다. 화가 나서 밀쳐 내는 '하악' 소리나 털을 빳빳이 세우고 긴장하며 내는 '으르릉', 발정 난 고양이의 갓난아이 울음 같은 소리와는 그 톤이 확연히 달랐다. 숙소 주인에게서 지붕 아래 길고양이가 새끼를 낳아 둔 것 같다는 이야기를 듣자 더욱 확신하게 되었다.

얇은 벽 사이로 내 소리를 듣는 걸까. 가까이 다가가면 새끼 고양이는 더욱 애처롭게 운다. 벽을 사이에 둔 연인처럼 고양이와 나는 얇은 벽을 더듬는다. 가슴 저미는 신음소리를 듣다 보니 창을 뜯어내고 지붕으로 올라가고 싶은 충동마저 들었다.

밤새 고양이 울음소리에 잠 못 이루며 그제야 알았다. 그리움이 그득 차 오르면 신음이 터져 나올 수밖에 없다는 걸. 문득 채 소리로 터져 나오지도 못한 내 안의 신음이 들린다. 보고 싶다는 말조차 맘껏 할 수 없는 이를 떠올릴 때 그 어떤 이해 가능한 언어로 그 그리움을 표현할 수 있을까. 때로 고양이 울음소리를 핑계 삼아 이해 불가한 신음을 흘릴 뿐.

수피(樹皮)를 어루만지며

강둑에 조성된 숲길*을 매일 걸었다. 물을 따라 이어지는 아담한 산책길과 자전거도로도 좋고, 해가 지면 나무들 사이에서 빛이 아기자기하게 반짝이는 야경도 아름답다. 하지만 무엇보다 내가 좋아한 건 늙은 나무들의 거친 수피를 어루만지는 일이었다.

여행을 하며 나무에 시선을 두는 건 전에 없던 일이다. 어쩌다 나무를 볼 때는 주로 그들의 이름이기도 한 꽃들이 활짝 피어 있을 때 뿐이었다. 벚꽃이, 동백꽃이, 매화가 흐드러지게 피어 있지 않다면 나는 그들이 무슨 나무인지도 모르고 지나치곤 했다.

---

* 관방제림 - 영산강 상류인 관방천에 있는 제방을 따라 조성된 숲. 남산리 동정자 마을부터 수북면 황금리를 지나 대전면 강의리까지 6킬로미터에 이르는 관방제림 에는 3,4백 살 나무들이 빼곡하게 줄을 서 있다.

그랬던 내가 다른 볼거리들을 제쳐 두고 여행 내내 늙은 나무들을 바라보게 된 것이다. 푸조나무, 팽나무, 느티나무, 벚나무, 음나무, 개서어나무 등 나무의 이름을 제대로 불러주기에는 여전히 역부족이지만, 나무에 좀 더 섬세한 눈길을 보내게 되었다. 금방이라도 쓰러질 듯 기울어지거나 배배 꼬인 줄기, 딱딱하게 굳어 갈라지다 마침내 벗겨지는 나무껍질, 부러진 가지가 묻히거나 상처가 팬 부분에 생긴 옹이 같은 것들에 특히 시선이 갔다.

소나무의 가치를 평가할 때 수피를 보고 결정한다는 이야기를 들은 적 있다. 거북 등처럼 갈라진 수피를 최고로 쳐주는데 이는 최소한 몇 백 년의 세월을 버텨낸 나무만이 얻을 수 있다. 그것도 사람 손에 재배된 나무가 아니라 척박한 땅에서 수분 부족 등 극심한 자연의 변화를 이겨낸 나무만이. 늙은 나무의 수피에 마음이 가는 건 아마도 오랜 세월 나무가 겪은 저마다의 이야기와 고통의 흔적들이 아름답게 새겨져 있기 때문일 것이다.

딱딱하게 말라 껍질이 벗겨지기도 하고 이끼나 버섯이 자라도록 몸을 내어 주기도 하는 그들의 거친 수피에서 차마 가늠이 되지 않는 세월의 무게가 느껴진다. 나이 오십도 되지 않은 나는 세상 다 산 표정을 하며 한숨을 쉬기도 하는데, 수백 살 된 나무들은 꼿꼿하게 허리를 세우고 서서 울울한 나뭇가지를 땅바닥까지 넓게 드리우며 위용을 자랑한다. 늙음이 곧 추함으로 해석되는 요즘, 나무처럼 오랜 세월 버티고도 살아남은 흔적을 애써 지우려 하지 않고 온몸에 아름답게 새겨 넣을 수 있다면.

마지막 날은 마침 하루 종일 비가 내렸다. 축축하게 젖은 노목의 수피에 손바닥을 가만히 얹고 작별인사를 했다. 마침내 나무가 마음을 열어준 것일까. 손바닥으로 희미한 온기와 함께 나무의 떨림이 전해져 온다. 입을 열지 않고 이야기를 전하는 나무의 방식이 마음에 들어 한동안 자리를 뜨지 못하고 나무와 함께 오래 비를 맞았다.

섬과 섬 사이

천여 개의 섬이 있다는 신안에는 저마다 다른 섬들이 적당한 사이를 두고 떨어져 있다. 세심히 살펴 맞춤한 때를 찾지 못하면 섬과 섬 사이를 건너지 못한다. 실제로 증도에서 자은도로 건너가는 배를 한 시간 기다리는 게 싫어 다음 날로 미뤘다가 결국 건너지 못했다. 다음 날 기상악화로 뱃길이 끊겼던 것이다.

아무리 때를 기다려도 사이를 건널 수 없는 섬도 있다. 작은 무인도들은 배편조차 없기 때문이다. 건너갈 수 없는 섬을 그저 가만히 바라보는 일도 좋았다.

화도와 증도 사이에는 노두길이 있는데 그 길은 오

직 썰물 때만 드러난다. 물이 차오르면 섬과 섬 사이 길
은 사라지고 다시 '사이'만 남는다. 노두길 앞을 지나가
는데 마침 그때가 왔다. 물이 빠져 섬 사이에 길이 드러
난 것이다. 노두길은 짧았고 화도는 정말 작았다. 눈 깜
짝할 사이에 드라마 촬영지라는 표지판 앞에 도착하니
섬 안의 여느 집과 다를 바 없는 농가 한 채가 있을 뿐이
다. 수레를 끌고 천천히 같은 방향으로 걷고 있던 할머
니 한 분이 퉁명스럽게 말을 던진다.

"드라마 끝난 지가 십 년도 넘었는데,
뭐 볼 게 있다고 와."

그러고 보니 시청한 적도 없는 드라마의 촬영지를 보
겠다고 할머니의 집을 불쑥 침입한 셈이었다. 못마땅한
방문임에도 할머니는 손가락으로 가리키며 "저게 드라
마 세트장이여"라며 알려주었다. 본래 창고 자리인데
창고를 잃어 불편한 점이 많다는 이야기가 이어졌다.
십 년이 넘도록 낯선 이들의 갑작스러운 침입을 견디며

이곳을 지켰을 할머니를 생각하니 얼른 인사를 하고 돌아 나올 수밖에 없었다.

몇 년 새 건설된 다리로 많은 섬들에 '24시간 교통길'이 열렸다고 떠들썩하다. 하루 중 언제든 불시에 섬과 섬 사이를 건너 다른 섬으로 들어갈 수 있게 된 것이다. 편리한 길이 열려 관광도 사업도 소득으로 연결된다고 기뻐하지만 모든 섬들이 또 섬주민들이 기뻐하는 것은 아닐 것이다.

사이를 존중받지 못하면 섬은 더 이상 섬이 아니다. 아무 때나 건널 수 없기에 섬과 섬 사이에는 그리움이 흐른다. 오직 간절한 자만이 그 사이를 건널 수 있다. 때를 살피고 맞춤한 때를 기다려 그 사이를 건너는 일은 얼마나 아름다운가.

물이 빠져 길이 열리기를 기다리고
배가 뜨는 시간을 기다리며
날씨가 그 길을 허락해 주기를
기도하면서

사이에 그리움이 흐르고
간절함을 아는 자만이
때를 맞춰 건너올 수 있는

그런 섬이고 싶다

여백을 채우는 사랑

　그날 밤 그가 책갈피 사이에 숨겨놓았던 말들이 내 손에 도착한 건 몇 년의 시간이 훌쩍 흐른 뒤였다. 오래 전 읽었던 책을 무심코 들춰 보던 중, 페이지 여백에 그가 적어 놓은 편지를 발견한 것이다. 그가 남긴 글을 읽으며 파편적으로 떠오르는 그날 밤 기억의 빈 퍼즐을 맞출 수 있었다.

　그날 몇 달 만에 귀국하는 그와 저녁에 만날 약속으로 하루 종일 설레었다. 하지만 갑자기 잡힌 회사 일로 약속을 지키지 못했다. 속상한 마음에 급히 마신 술로 다음 날 아침 눈을 떴을 때 머리는 깨질 듯 아팠고 나는 스스로를 좋아하려야 도무지 좋아할 수 없었다.

다음 날 그를 만났을 때, 밤새 사라져 버린 기억으로 그에게 묻고 싶은 게 많았지만 묻지 않았다. 그의 따스한 침묵이 내 흠과 부족한 틈을 메워주었기 때문이다. 그렇게 남겨놓았던 기억의 여백을 몇 년의 시차를 두고 배달된 그의 편지가 채워주었다.

그날 밤 몸도 제대로 가누지 못하던 내가 그를 보자 몹시 기뻐했다고, 이틀 후면 다시 출국해야 하는 그에게 그 환한 웃음만으로 충분했다고 그는 적어 놓았다.

여백을 남기고, 또 그 여백을 채우는 사랑. 그 사랑과 함께라면 빈틈 많은 나 자신도 온전히 좋아하며 살아갈 수 있을 것 같다.

기다림은 일상

울음은 찰나의 축제

캐시

　내게 '고양이'는 오직 하나, 어린 시절 함께 살았던
캐시*뿐이다.

　족보도 없는 잡종 줄무늬 고양이임에도 캐시는 기품
이 있었다. 종일 기다렸음에도 내가 학교에서 돌아오는
기척이 들리면 얼른 집 안으로 들어가 나를 본체만체했
고, 생선을 봐도 외면해 버리곤 했다. 특이하게도 그녀
가 가장 즐겨 먹던 건 드라이플라워, 그중에서도 작고
하얀 안개꽃이었다.

　어느 날 바스락바스락 하는 소리가 들려 돌아보니,
캐시가 꽃다발 속에 얼굴을 파묻고 있었다. 언젠가 선

---

* 한창 빠져들어 읽었던 에밀리 브론테의 〈폭풍의 언덕〉 주인공 캐서린의 애칭
'Cathy'를 이름으로 붙여 주었으나, 영어의 'th' 발음에 익숙하지 않은 우리는 그녀
를 '캐시'라고 불렀다.

물로 받은 꽃다발을 오래 간직하고 싶어 말려둔 것이었다. 장미와 안개꽃으로 된 꽃다발이었는데 자세히 보니 캐시가 바싹 마른 안개꽃을 하나씩 따 먹고 있었다. 비쩍 마른 캐시의 몸과 먹이가 줄지 않는 먹이통을 번갈아 바라보며 한숨을 내쉬는 일이 많았기에, 그 모습을 보고 놀라움과 함께 안도감이 들었다. 꽃을 먹는 고양이라, 신기하다고 생각한 건 아주 잠시. 오히려 우아한 그녀가 비린 생선을 입에 물고 있는 걸 보았다면 더 놀랐을 지도.

이슬 대신 안개꽃 꽃잎을 조금씩 따 먹던 캐시는 결국 자신의 마지막 추한 모습을 보이지 않기 위해 어느 날 홀연히 집을 나가 자취를 감췄다. 그 어느 곳에서든 캐시는 마지막 순간까지 품위 있게 눈을 감았을 것이다.

눈송이 같기도 하고 안개 같기도 한 안개꽃의 작고 하얀 꽃잎을 볼 때마다 나는 캐시가 그립다.

"꼭 짚어 말할 수는 없지만 확실히 당신이든 누구든 자기를 넘어선 삶이 있고, 또는 그런 삶이 있어야 한다

고 생각하고 있을 거야. 만약 내가 이 지상만의 것이어
야 한다면 이 세상에 태어난 보람이 무엇일까?"*

* 에밀리 브론테 〈폭풍의 언덕〉 중 캐서린(캐시)의 말

간지럼

중국에 살면서 누릴 수 있는 가벼운 사치 중 하나가 마사지다. 많은 이들이 즐기는 마사지를 그동안 맘놓고 누리지 못했다. 누군가 발을 주무르면 간지럼을 참을 수 없었기 때문이다. 간지럼을 느끼는 기색을 남에게 보이는 것이 왜 그리 부끄러운지. 피부 관리사의 손이 얼굴에서 목 아래로 내려오면 아무것도 느끼지 못하는 척 간지럼을 참기 위해 이를 악물곤 했다.

간지럼은 타인이 경계를 넘어왔다고 알려주는 경계 신호 같은 건 아닐까. '지극히 사적인 영역' 안으로 누군가 침범했음을 알려주는 경보음. 낯선 타인에게 손이나 발, 목, 어깨 등을 내맡길 때 나도 모르게 경계에 벽을 세운다. 경계가 분명하기에 아주 살짝 접촉하는 것만으로도 온몸이 부들거리며 간지럼을 탄다. 가까운 가족의 손길에는 간지럼을 잘 타지 않는 건 그 경계가 흐릿하기 때문일 것이다.

인간은 스스로에게 간지럼을 태울 수 없다. 간지럼은 손이나 발이 느끼는 것이 아니라 뇌에서 느끼는 것이기 때문이다. 뇌는 예측 가능한 자극을 종종 무시한다. 누군가의 손길에 대한 불안이나 긴장이 없으면 간지럼도 느낄 수 없다.

그토록 싫었던 나이 먹는 일이 근사한 선물을 주기도 한다. 간지럼을 타는 일이 적어진 것이다. 타인에게 날을 세우지 않고 경계가 조금 흐릿해지는 것도 어쩐지 나쁘지 않다. 발마사지를 간지럼 없이 편히 받을 수 있게 된 것도, 타인을 조금씩 내 영역 안에 들이게 된 일도.

땅끝

끝이 곧 시작이라고 한다. 그래서인지 수많은 국토
순례자들이 한반도의 최남단, 땅끝을 순례의 출발지로
삼는다. 땅끝은 어두운 과거와 아픈 상처를 털어버리고
싶은 사람들이나 새롭게 시작하고 싶은 사람들이 많이
찾는 곳이기도 하다.

나 역시 그런 이유로 땅끝을 찾은 적이 있다. 세기말
이라는 분위기 때문이었는지 모든 것을 끝내고 싶었다.
세상이 내게 어울리지 않는다고 판단하는 누군가를 사
랑하려면 내가 가진 모든 것들을 지워야 했다. 가진 것
들이 아무리 좋고 또다시 얻기 힘든 것이라 해도 모두

지우고 다시 시작하고 싶었다. 그런 마음으로 땅끝을 찾았고 실제로 삶의 리셋 버튼을 눌렀다. 방송국에 사표를 냈고 가지고 있던 모든 걸 정리해 캐리어 하나만 남겼다. 가족들에게 작별 인사를 하고 비행기에 올랐다. 다시는 가족에게도 내 나라에도 돌아오지 않겠다는 마음이었다. 너무 젊었기에 객쩍게 부리는 혈기였을 것이다.

새롭게 시작하는 건 늘 옳았지만 그때 몰랐던 것이 있다. 삶은 게임이나 도박처럼 리셋 버튼을 누른다고 모든 것이 지워지는 게 아니라는 걸.

많은 사람들이 게임이나 도박에 그토록 열광하는 이유 중 하나는 그전에 얼마나 망쳤든 일단 시작하면 백지에서 다시 시작할 수 있다는 사실 때문일 것이다. 영화나 드라마에서 기억상실증 환자가 종종 등장하는 것도 어쩌면 그 때문일지 모른다. 하지만 실제 삶은 그렇지 않다. 뭔가를 새롭게 시작해도 시작이 곧 끝이 되지는 않는다. 그때까지 살면서 선택하고 경험했던 모든 것들이 쌓여있는 내 삶을 고스란히 안고 나아가야 한다. 한때는 그런 사실이 견디기 힘들었지만 지금은 내 삶이 연속성을 가지고 이어진다는 사실이 좋다.

20년이 넘어 다시 땅끝에 왔다. 바다를 향해 "야호"를 외치는 대신 속삭여 본다. 오래전 이곳에 왔을 때와는 비교도 할 수 없이 많은 상처와 얼룩이 있지만, 지우고 싶지 않다고. 대신 그것들을 껴안고 다시 시작하겠다고.

'동백꽃 빠마*'

벽화라면 식상해서 더 이상 보고 싶지 않았다. 작은 나라에 벽화마을이 100여 개나 있다더니, 한 달 여행 중에도 이미 여러 곳에서 개성도 의미도 없는 벽화들을 봤던 것이다.

그랬던 내가 그만 단 한 점의 벽화에 마음을 홀딱 빼앗기고 말았다. 오래된 집 담벼락에 그려진 할아버지와 할머니의 웃고 있는 얼굴. 파마를 한 듯 부푼 머리는 자세히 보면 애기동백나무다. 나무는 담벼락 안 집 마당에 뿌리를 내리고 있다.

사실 벽화를 나무와 연결해 그린 건 새로운 시도는

---

* 동백꽃 빠마 – '빠마'는 표준어가 아니지만, 암태도 주민들이 사용하는 입말체를 그대로 살리기 위해 사용

아니다. 어디선가 본 적도 있고. 하지만 그 벽화는 분명 뭔가 달랐다. 차를 세우고 그 앞에 한참을 머물렀다. 할아버지와 할머니의 표정을 오래 들여다보았고 얼굴 옆 담벼락에 붙어 있는 문패에 적힌 이름을 보았다. 그림 속 두 주인공의 이름이자 집주인의 이름일 것이다. 아쉬워하며 그곳을 떠나면서도 하루 종일 벽화 속 이야기가 궁금했다.

기대했던 대로 '동백꽃 빠마'라고 불리는 벽화에는 이야기가 담겨 있었다. 그 집은 그림 속 할아버지가 태어나서부터 살아온 집이자 할머니가 시집와서 지금까지 산 집이다. 다른 벽화마을처럼 그 집 담벼락에도 맥락도 없이 애니메이션 주인공의 얼굴이 그려질 뻔했다고 한다. 다행히 군수의 제안으로 그 집에 살고 있는 할머니의 얼굴을 그려 넣게 되었다는 이야기를 듣고 나도 모르게 가슴을 쓸어내렸다. 부끄럽다고 사양하던 할머니의 얼굴이 다 그려지자, 할아버지가 '내 얼굴도 그려 달라'고 했다는 이야기를 듣고는 한참 동안 웃었다. 실로 오랜만에 웃어보는 맑은 웃음이었다.

평생을 살아온 집 담벼락에 그림으로 남는다는 건 어떤 느낌일까. 평생 함께 자라온 나무를 사랑하는 아내의 머리 위에 얹어 주고 겨울이 오면 아내 머리에서 붉은 꽃이 피는 걸 바라보는 건. 흩어져버릴 시간을 이야기로 모은 벽화가 탐이 나지만, 욕심난다고 훔쳐올 수 없는 그만큼의 중력을 그저 상상 속으로 가늠해 본다.

차 한 잔

오랜만에 찻주전자와 찻잔을 꺼내 홍차를 우린다. 기다리는 동안 얼마 전에 구입한 찻잔 덮개로 찻잔을 덮어 두었다. 3분이라는 짧은 시간, 큰 기대 없이 멍하니 창 밖을 바라보았다.

찻잔 덮개를 여는 순간 깜짝 놀라고 말았다. 덮개 때문에 빠져나가지 못하고 컵 안에서 부풀대로 부푼 꽃향기가 터지듯 흘러나온 것이다.

재스민처럼 환하지만 그럼에도 절대 가볍지 않은 꽃내음. 한없이 가라앉고 있던 나를 아름다운 향기로 깨워 주다니.

여행의 자리

바람에 살랑살랑 몸을 흔드는 나뭇잎들, 그 사이로 함께 흔들리는 햇빛, 뻐꾸기 소리, 풀벌레 소리, 흙내음과 풀 냄새, 바람에 실려오는 두엄 냄새, 황토로 발라진 처마, 촘촘히 박힌 서까래, 액자 속 낡은 사진들……

여행에서 원하는 건 대단한 게 아니다. 그저 늘 있던 자리를 떠나 이렇게 평소 느끼지 못했던 것들을 감각하는 일, 그리고 예기치 못한 만남 같은 것. 그런 의미에서 아무 데도 가지 않고 아무 일도 하지 않는 것 같은 이런 순간이 가장 여행에 충실한 순간인지 모른다.

전화

"여보세요"를 다섯 번 할 때까지 너는 말이 없었고,
대신 감추려 애써도 들려오는 너의 가는 숨소리를 고이
접어 담아두었다.

그림자

당신이 보는 모든 것은 그림자를 만든다.

눈에 보이는 삶은 곧 연기(演技), 태생적으로 '거짓'
일 수밖에 없으니까. 볼 수 없는 모든 것은 그림자를 만
들지 않는다. 보이지 않는 것, 곧 투명한 것은 빛을 반
사시키지 않고 그대로 통과시켜 버리니까. 언제까지 보
여달라고 보챌 것인가.

"가장 중요한 건 눈에 보이지 않아."*

---

* 생택쥐페리 〈어린 왕자〉 중

딱 그만큼의 중력

"그 나무 말고 '우리 나무'로 가자."

공원에서 돗자리를 펼 나무 그늘을 찾고 있는데 아이
들이 동시에 외쳤다. 우리 나무라니. 공원에 나무를 심
은 적은 없지만 그 말을 단번에 알아들었다. 일주일 전
이 공원에서 축구공을 가지고 놀다 공이 나뭇가지에 걸
린 일이 있다. 아이들이 높이 차 올린 공을 나무가 받았
고 나무가 공을 내어주지 않자 아이들은 펄쩍펄쩍 뛰며
달라고 사정을 했다. 그렇게 해서 넓은 공원 안 수많은
나무들 중 하나였던 나무가 '우리 나무'가 되었다.

사실 주말마다 같은 공원을 찾아왔지만 내 발은 땅에 닿지 못하고 붕 떠 있었다. 언제 떠날지 알 수 없다는 사실이 몇 달을 머물면서도 마음을 이곳에 붙이지 못하게 했던 것이다. 마음도 발도 땅에 붙이지 못하고 있으니 시간만 바람처럼 흘러갔다. 부유하던 마음을 '우리 나무'가 슬쩍 붙들어주자 '단 하루를 머문다 해도 이곳에 내가 살고 있다'는 생각이 들기 시작했다. 어린 왕자와 여우처럼 공원에 있는 나무와 서로를 길들이며 친구가 되자 땅에 비로소 발을 붙일 수 있게 된 것이다.

삶의 회오리바람이 몰아쳐 정신 못 차리고 휩쓸려 내려가던 시절이 있었다. 바람이 잠잠해지고 정신을 차렸을 때 처음 든 생각은 '쓸모 있는 사람이 되고 싶다'였다. 요즘은 좀처럼 입에 올리지 않는 '삶의 의미'에 대한 천착이 시작된 것이다. 처음엔 조금 뜬금없다고 생각했지만 얼마 안 가 내 발을 땅에 붙여줄 중력에 대한 갈급함이라는 걸 깨달았다. 삶의 의미 운운하면 괜히 거창해진다. 그 말 앞에 서면 왠지 나 자신이 너무 초라해 보여 굳이 살아서 뭐하나 하는 생각까지 한걸음에 달려가기도 하니까. 그저 발을 땅에 붙이고 살 수 있을 만큼의 중력, 내게 절실한 건 바로 딱 그만큼의 중력이었다.

'우리 나무' 아래 돗자리를 펴고 그 위에 누웠다. 딱 그만큼의 중력 때문인지 쏟아지는 햇살에 더 이상 어지럽지 않다.

비스듬히

네가 하는 말의 끝을 두 손 가득 쥐었다

길거리에 흩어진 안녕이란 말에

아슬아슬하게 매달리고

사랑했다는 말과 함께 추락했다

색이 바랜 말들은 처음보다 더한 무게로

나를 짓눌렀다 _ 폭설*, 이제

비스듬히 기울어진 채 인쇄된 문장들이 어쩐지 좋았다. 앞표지에 있는 제목부터 뒤표지에 있는 isbn 넘버까지. 힘겹게 존재를 비끄러매고 버티는 모습이 애련하면

---

* 이제 〈옷을 입었으나 갈 곳이 없다〉 중

서도 어쩐지 그 기울어진 어깨에 기대고 싶어 진다. 금방이라도 아래로 쏟아질 듯한 문장의 기울기가 채 나오지 못한, 아니 곧 나오고 말 눈물 같다.

기울어진 문장에는 '똑바로 누우면 숨이 쉬어지지 않아, 항상 어딘가에 기대어 자*'는 이들과 '길거리에 흩어진 안녕이란 말에 아슬아슬하게 매달리고 사랑했다는 말과 함께 추락*'하는 이들이 기대고 있다.

그 기울어진 어깨에 기대고 싶다

기울어져 있다고

삐딱한 시선으로 바라보지 않기를

마음의 끝

　돌아선 연인의 뒷모습이 무너져 내리던 잔영마저 시나브로 사그라졌다. 그가 사라진 뒤에도 그의 말은 여전히 남아 있다. 말의 부박함을 알고 늘 경계하며 살아야 하지만, 말을 통과하지 않고 어찌 마음의 끝에 가 닿을 수 있을까.

　오늘도 무너져 내리는 내 마음의 끝을
　문장 한 줄에 힘겹게 비끄러맨다.

여보세요, 를 다섯번 할 때 까지 너는

3부

사
랑
이
라
는

낡
은

말

'낯설게' 보기

초록색 오이를 왜 '노랑 오이(黃瓜*)'라고 부를까? '황과'라는 발음은 자동적으로 '오이'로 번역된다. '오이'로 번역되는 순간 색에 대한 어떤 호기심도 사라진다. 초록색 오이를 씹으며 왜 이름에 '노랑(黃)'이 들어갔는지 궁금하지 않았다.

사람들과의 관계도 마찬가지가 아닐까. 너무 가깝기 때문에 오히려 보지 못하는 사각지대가 있다. 자기를 가장 이해하지 못하는 이들로 가족을 꼽는 사람이 많은 것도 그 때문일 것이다. 가장 가까운 이들이 오히려 상대를 더 알려하지 않고 무시하거나 심지어 무례하게 대

---

* 중국어로 오이를 '황과(黃瓜)'라고 한다.

하기도 한다.

어쩌면 그런 이유로 깊고 내밀한 이야기를 나누기 위해 낯선 이를 찾는 건지 모르겠다. 나 역시 트라우마를 처음 꺼낸 건 가족 앞이 아니라 상담실 안에서였다.

내 눈에 '초록' 빛으로 웃고 있는 연인이 속으로는 '누렇게' 시들어가고 있을지도 모른다. 사랑하는 이들과 거리를 두고 그들을 '낯설게' 바라보기 시작할 때, 그동안 보지 못했던 모습들이 조금씩 보이기 시작할 것이다. 새롭게 알아가는 그 모든 순간은 빛나고 설레겠지만 몹시 아프기도 할 것이다.

바보

　‘바보’란 말의 원래 의미는 ‘밥만 먹고 하릴없이 노는 사람’이었다. ‘바보’는 ‘밥＋보’에서 ‘ㅂ’이 탈락된 형태고 ‘보’는 울보, 겁보, 느림보와 같이 체언이나 어간의 끝에 붙어 사람을 나타내는 말이다. 후에 하릴없이 노는 사람에 대한 경멸이 더해지면서 ‘바보’는 ‘어리석은 사람이나 멍청이’를 가리키게 되었다.

　바보를 경멸하기는커녕 오히려 부러워한다. 밥만 먹고 하릴없이 노는 일은 내가 잘하지 못하는 일이기 때문이다. 어디 무인도에 처박아 놔도 누군가 태엽을 감아 놓은 시계처럼 째깍째깍 끊임없이 뭔가를 할 사람이

기에, 나는 바보가 부럽다. 창조란 '일'이 아닌 '놀이'에서 나온다는 것을 알기에 하릴없이 노는 사람을 늘 동경한다.

똑똑하다는 사람보다 왠지 어리숙한 면이 있는 사람에게 끌리는 건 왜일까. 티 하나 없이 말끔하고 완벽한 사람보다는 어딘가 빈틈이 있는 '바보'에게 어쩐지 자꾸 마음이 간다.

언젠가 한 배우의 우스꽝스러운 사진을 본 적 있다. 모델처럼 큰 키에 세련된 포즈로 찍은 사진만 보다 바보처럼 찍힌 사진을 보니 왠지 정감이 더 갔다. 알고 보니 그 사진은 비가 많이 오던 날 멀리서 팬이 던져준 꽃다발을 받으려다 미끄러져 넘어질 때 찍힌 것이었다. 어리숙한 모습을 본 후 오히려 그가 더 좋아졌다. 바보같은 표정과 몸짓 뒤에 숨어 있는 따스함을 보았기 때문일 것이다.

어쩌면 그가 보이는 빈틈 사이로 스며드는 빛이나 바람의 온기를 좋아하는 건지도.

이상한 정상

학부 때 심리학을 전공했는데 특히 이상심리학
(Abnormal Psychology)에 매료되었다. 소위 정상이라
는 사람들이 만들어 놓은 표준(norm)이 부조리하고 부
당해 보였기 때문일까. '이상' 행동들에 자꾸 끌렸다. 거
식증* 환자처럼 한동안 음식 먹기를 거부하다 폭식증
**환자처럼 한꺼번에 음식을 몰아넣고 토하기를 반복
하기도 했고, 두 달여 동안 초콜릿과 물, 커피 외에 다른
음식을 일절 거부하기도 했다. 다중인격장애***를 흉내
내어 다른 이름과 다른 성격으로 살아 보기도 하고 심
지어 캠퍼스 잔디밭에서 미친 사람처럼 소리를 질러보

---

* 거식증: 장기간 심각할 정도로 음식을 거절함으로 나타나는 질병
** 폭식증: 단기간 많은 양의 음식을 섭취하고 구토 등을 통해 체중 증가를 막으려
는 비정상적인 행위를 반복하는 증상

기도 했다. 여자 친구의 기습 키스에 입술을 내어 주기도 하고 사르트르와 보부아르 같은 '계약 결혼' 대신 '계약 연애'를 시도해 보기도 했다.

그저 다수와 다르다는 이유로 악하거나 틀렸다고 판단하는 걸 거부하고 싶었다. 이해할 수 없거나 시기하는 마음으로 누군가를 '이상'하다고 몰아가는 데 동조하지 않겠다고 온몸으로 저항하던 시절이었다.

반대로 튀지 않으려 애쓰던 때도 있었다. '모난 돌이 정 맞는다'고, 한번 '이상'하다고 정의되면 얼마나 무섭게 소외당하는지 알기에 내 색깔을 모두 지우려고 애썼다. 적당히 남들과 비슷한 듯 묻혀 지냈지만 속으로는 늘 외로웠다. 그래서인지 실제 삶이 벌어지는 세상보다 무의식이나 상상, 꿈의 세계에서 더 편안했다.

여전히 세상은 '다름'을 종종 악으로 규정한다는 걸 잘 알지만 그럼에도 나는 다르고 싶다. 내가 남들과 똑같다면 나는 도대체 누구일까. 이상하게 들리겠지만, 이런 나는 지극히 정상이다. 이상한 정상.

---

* 다중인격장애: 정체성 결여 문제로 자신이 누구인가에 대해 혼돈스러워 하고 때로는 자신을 다수의 인격으로 경험하는 장애

다리를 걸어가는 동안

"걸어가는 동안 한 사람이라도 나에게 미소를 보내면 뛰어내리지 않겠다."

이 유서를 쓴 사람은 안타깝게도 결국 급류 속으로 사라졌다.

세계에서 두 번째로 자살을 많이 하는 곳으로 알려진 금문교. 개통 75주년 기념식이 있던 2012년에 그곳에서 자살한 사람 수가 천 5백 명을 넘어섰으니, 카운트가 천에서 천 5백으로 달려가는 어느 무렵이었을 것이다. 수많은 차와 사람들 사이에서도 사람을 지독히 외롭게 만드는 묘한 다리, 그 위를 걷는 내내 바람이 후려갈기는 따귀를 수없이 맞았다. 어느 순간 정신을 차려 보니 난간 너머로 몸이 반쯤 넘어가 있었고, 그때 내 어깨를 세게 잡는 투박한 손길이 느껴졌다.

실제로 한 해 동안 이렇게 누군가에게 어깨를 잡혀 마음을 바꾼 사람이 118명*이나 된다. 천 5백 명 정도가 목숨을 잃는 동안 살아남은 자는 겨우 열 명이 조금 넘었다니, 치사율이 거의 100%라는 말은 과장이 아니다. 이렇게 치사율이 높은 다리를 일부러 찾아오지만 자살을 시도하는 사람들 중 80% 정도는 마음을 돌릴 준비가 되어 있는 사람들, 곧 누군가 붙잡아 주기를 간절히 원하는 사람들이다. 금문교에서 뛰어내렸다 생존한 십여 명 전원이 다리에서 떨어지던 3분의 2 지점에서 자살하려던 이유가 사실 별것 아니었음을 깨달았다고 증언했다.

다리를 건너며 한 번쯤 일렁이는 깊은 물을 오래도록 바라보지 않았던 사람이 있을까. 지금 이 순간에도 흔들리고 있는 수많은 이들이 미소 한 번 지어줄 누군가를 간절히 기다리고 있을지 모른다.

---

* 2013년 통계로 같은 해 자살에 성공한 사람은 46명이었다

아이리스 머독**은 수많은 도덕적 가치 중 '관심'을 가장 중요한 가치로 꼽았다. 자기로부터 벗어나 나와는 완전히 다른 존재에 관심을 갖는 것이 사랑이라고 보았기 때문이다. 오래전 그날 다리 아래를 바라보며 몹시 흔들렸던 내 어깨를 누군가 슬며시 붙들어 주었을 때, 그의 손이 다리 아래로 떨어지려는 내 몸을 물리적으로 막아준 건 아니었다. 그저 내 안으로 함몰되어 있던 관심을 밖으로 끌어내어 주었을 뿐.

여전히 깊고 푸른 강물을 내려다보며 흔들릴 때가 있다. 하지만 이제는 그럴 때 고개를 들어 주변을 둘러본다.

** 아이리스 머독 (1919~1999) 영국의 철학자 겸 소설가

수국

한바탕 쏟아진 장맛비 후

꽃잎 떨구는 수국 사이를 걷다 길을 잃었다

시간의 숲을 헤매다

기억의 숲을 헤매다

바위에 고인 빗물

그 위에 떨어진 붉고 푸른 꽃잎들,

한때는 진심이었으나 결국 변하고 마는*

---

* 수국의 꽃말 – 진심, 변덕. 수국 꽃잎은 토양의 화학적 성질과 영양 상태에 따라
색깔이 변한다.

후통*(胡同)에서

좁은 후통에서 건너편에 사진기를 세워놓고 나란히
앉았다

셋, 둘, 하나, 찰칵!

때마침 휙 지나가던 자전거에 반쯤 가려진 우리의 모
습이 좋다

가려진 얼굴 대신 이야기가 남아서

---

* 후통(胡同): 중국어로 '골목'이라는 뜻. 보통 자금성을 중심으로 3천여 개가 실핏
줄처럼 뻗어 있는 베이징의 전통적인 뒷골목을 말한다.

침묵의 소리

아무리 열망해도 소리의 온전한 공백을 경험하는 건 불가능하다. 하지만 끊임없이 쏟아지는 말들의 채널을 잠시 꺼둘 수는 있다. 굳이 이른 새벽 내 몸을 일으키는 것도 말이 사라진 여백의 시간이 간절하기 때문일 것이다.

입술을 닫으면 온몸의 세포들이 활짝 열린다. 욕실 안에 김이 조용히 서리는 모양과 움직일 때마다 물결이 출렁이는 소리. 머뭇거림 없이 째깍째깍 시간을 먹어들어가는 시계 소리. 바람에 맞춰 흔들리는 촛불과 고요히 따라 움직이는 이글거림. 텀블러에서 새어 나오는 커피 향. 말이 사라진 자리, 모습은 선명해지고 향기는 진해지며 소리는 더없이 또렷해진다.

반쯤 열린 창문으로 새어 든 바람이 살갗을 간질인다. 함께 들어온 희미한 달빛이 귓속에 속삭여둔 내밀한 비밀을 귓바퀴가 감아 들이고 알전구에 불이 들어오듯 불이 켜진다. 궁금해진 나는 손가락으로 창문을 살포시 밀어 조금 더 열어 본다. 바깥에서 들어온 달큰한 향기가 사방으로 퍼지자, 희끄무레하게 하늘에 붙어 있던 달이 조금 더 선명해졌다.

새벽달이 떨어뜨린 은빛 비늘이 소리 없이 소복소복 쌓여 간다.

봄 흙

퍼석퍼석
겨우내 얼었다 녹았다 하며
헐거워질 대로 헐거워진
나

봄을 끌어올리느라 여전히 목마른 나무가
거칠고 날카로운 손가락을
내 살 속으로 깊이깊이 찔러 넣고
있는 힘껏 빨아댄다

붙들고 있는 한 줌 빛도 바람도 없어

아무것도 내어줄 게 없는데

살살 갈아엎어 봄볕도 좀 뿌려주고 봄바람도 쐐 주지
꾸욱 꾸욱 눌러 밟아도 주고

봄 햇살 두 컵에
봄바람 세 스푼
천천히 내리는 봄비 한 대접

보슬보슬 떨어지는 빗방울에 몸을 실어
공기 중으로 떠올라 보게
부풀어 오르다 '톡'하고 터질 때 '훅'하고
짙은 체취도 풍기면서

사랑이라는 낡은 말

　뽀얀 거품, 눈부신 햇살, 막 내린 커피 향, 갓 구운 빵
냄새, 흰쌀을 뿌린 듯 총총히 박힌 별들, 폭신한 흔들의
자, 여백에 적어둔 손 글씨, 따스한 스웨터, 달콤한 마시
멜로우, 불쑥 이마에 입 맞추는 입술, 따스한 포옹,
　……
　닳고 낡은 말 대신 쓰려고 말을 고르다 그만
까무룩 잠이 들었다.

　꿈속에서 만난 당신에게 건넨 말은 결국
"사랑해."

꿈 일기

연결되지 않고 서로 이해할 수도 없는 두 세계를 하루도 빼놓지 않고 건너 다닌다. 그 여행 기록인 '꿈 일기'를 쓴 지 5년이 넘었지만 일기의 양은 턱없이 적다. 날마다 꿈을 꾸지만 대부분 꿈을 꿨다는 사실마저 망각하기 때문이다. 꼭 기억해야지, 다짐하며 일어나도 화장실을 다녀오거나 커피 한 잔을 끓이고 나면 그토록 생생했던 꿈이 인상마저 깨끗이 지워진다.

어쩌다 꿈을 기억한다 해도 꿈의 한 자락을 간신히 물고 다급히 빠져나오듯 깨곤 한다. 그렇게 물고 나온 조각들을 열심히 그러모으지만 결국 퍼즐을 맞추지 못할 때가 많다. 깨어난 순간, 꿈의 세계에서 통용되던 논

리와 언어를 까맣게 잊어버리기 때문이다. 꿈 일기에 적어 놓은 문장들이 대부분 아리송한 것도 그 때문일 것이다. 심지어 세상에 없는 단어들도 종종 등장한다.

답답한 마음에 해몽서를 찾아본 적도 있었다. 가끔 솔깃한 해몽도 있었지만 모든 사람의 꿈을 동일한 방법으로 해석한다는 게 어쩐지 신뢰가 가지 않았다. 예를 들어 꿈속에서 누가 죽으면 길몽이라고 하지만 꿈속에서 여럿 죽어나간 날도 내게 아무런 좋은 일도 생기지 않았다. 꿈에서 국물이 있는 음식을 먹으면 감기에 걸린다든지, 어린아이가 나오면 근심이 생긴다는 말도 믿을 수 없었다.

해독이 어려운 '꿈 일기'를 계속 써나가는 건 아마도 '다른 세계의 나'를 알고 싶기 때문일 것이다. 또 다른 내가 내게 애타게 전하고 싶어 하는 메시지는 과연 무엇일까. 짙은 안갯속에서 간혹 흐릿한 발자국 같은 걸 찾아내기도 한다. 문이 없는 화장실이나 벽이 유리로 된 집, 노출된 침대, 집 안에 침입한 이름 모를 불청객 같은.

길의 윤곽은 채 드러나지 않았고 여전히 흐릿한 흔적뿐이지만 그걸 더듬으며 한 발자국씩 내딛는다. 꿈한 자락씩 물고 나올 때마다 '다른 세계의 나'에게 아주 조금 더 가까워지고 있음을 믿으며.

물

고양이는 서로의 체취를 통해 소통한다는 말을 들은 적 있다. 몸이 물에 젖어 체취가 변하면 사랑하는 이와의 단절을 경험할 수 있다고. 어쩌면 그래서 고양이는 물을 죽도록 싫어하게 되었는지 모른다.

술과 카페인에 익숙해진 몸이 드라이플라워 같이 바스락거리고 식은땀을 뻘뻘 흘리다 깨는 불면의 날들이 이어졌다. 악몽의 일종으로만 여겼던 가위눌림이 무의식이 보내는 경고라는 사실을 어느 날 알게 되었다.*

경고를 마냥 무시할 수 없어 억지로 물을 마시기 시작했지만, 물을 머금는 일은 생각보다 힘겨웠다. 물을 채우면 말랐던 눈물이 다시 흘러나와 도무지 멈출 수 없었던 것이다.

물을 흡수하는 대신 한 곳에 오롯이 품을 수 있다면 얼마나 좋을까. 연인이 체취의 변화로 길을 잃을 염려도 없고, 마침내 찾아와 푸른 오아시스에 발을 담그고 쉴 수 있을 테니.

오늘도 작은 오아시스를 꿈꾸며 버석거리는 사막 안에 조금씩 물을 담는다.

---

* 현재까지 알려진 가위눌림의 원인 설명 중 하나로, 몸에 물이 부족하면 혈압이 떨어지고 뇌에 산소 공급이 줄어든다. 게다가 혈액순환이 잘 안 되니 가슴이 답답하고 손발을 마음대로 움직일 수 없게 된다. 가위눌릴 때 아무리 달아나려 애써도 꼼짝 못하는 건 바로 그 때문이다.

별

뮤지컬 '모차르트!'를 보고 돌아온 후, 머릿속을 계속 맴도는 넘버*가 있다. 발트슈테텐 남작부인이 부르는 '황금별'.

모차르트를 곁에 두고 세상으로부터 지키려는 아버지 레오폴트와 반대로, 남작부인은 모차르트에게 '황금별'을 찾아 성을 떠나라고 한다. 넘버를 듣는 내내 아들을 지켜주고 싶은 아버지의 마음과 떠나고 싶은 아들의 마음이 갈마들었다. 그러다 문득 성을 떠나야 하는 건 모차르트만이 아니라는 생각이 들었다.

고난과 좌절이 그득한 성벽 밖을 두려워하지만 사실 진정한 재난은 성벽 안에 있는 게 아닐까. 재난(diaster)

---

* 뮤지컬 넘버: 뮤지컬에서 사용되는 노래나 음악

은 '별(astro)'이 '없는(dis-)' 상태. 별만 바라보며 고상한 척하는 것도 자칫 허황된 삶이 될 수 있지만, 별을 바라보지 못하고 고개를 처박고 사는 삶은 그 자체로 노예의 삶일 수밖에 없다. 지나치게 안정을 추구하느라 반짝이는 빛과 생기를 잃어버린 삶.

성벽을 계속 높이던 내가 별을 꿈꾸며 성을 떠날 수 있을까. 까만 하늘을 올려다보는데 문고리를 잡은 손이 자꾸만 들썩거린다.

슬픔이 이야기가 될 때

 '이야기로 치환되지 못한 아픔은 절망이 된다.'* 다시 말하면 말이나 글로 풀어낼 수 있는 슬픔이나 아픔은 결코 나를 죽이지 못한다. 많은 심리치료 사례를 읽고 또 스스로의 아픔을 풀어내는 과정에서 절감하게 된 말이다.

 이야기에는 물론 치유의 힘이 있지만 때와 상대를 가리지 않고 우울이나 아픔을 전시할 필요는 없다고 생각한다. 오랫동안 감춰왔던 이야기를 낯선 이에게 감정받듯 보여주고 싶지는 않다. 내 이야기에 귀 기울일 줄 아는 사람을 알아보고 적당한 때에 그 이야기를 들려주고 싶다. 어쩌다 주파수가 맞는 영혼을 만나면 이야기

---

* 정신건강의학과 전문의, 의학박사 김병수

가 오래 이어지기도 할 것이다.

　진심으로 걱정되어 안부를 묻지만 괜찮다, 잘 지낸다
는 말로 더 이상 말을 길게 이어가지는 않는 이들이 있
다. 정말 괜찮은 거냐고 다시 묻지 않는다. 그리고 진짜
로 어떻게 지내느냐고 추궁하지도 않는다. 어차피 몇
마디 말로 설명될 수 있는 것이 아니므로. 괜찮다는 말
안에 담긴 많은 이야기를 함부로 재단하기보다는 그저
가늠해 본다. 그래도 마음을 쓰고 있으므로 짧은 안부
를 가끔 주고받으며. 언젠가 그들의 슬픔이 이야기가
되어 나올 때를 기다리며 귀만은 활짝 열어 놓고.

어떤 사랑

어느 날 문득 마주치고

목소리를 알아듣고

빈 방에 불을 켜고

내 것을 쏟아내고

아름다운 시 앞에 무릎 꿇고

털끝 하나 닿지 않고도 서로를 안았으며

돌아서고

마침내 그 방 문을

잠갔다

다른 세계의 나를 알고 싶기 때문일지도

4부

잘
닦인
창

차관(茶馆)에서

진한 차향에 취한 탓인지 술 한 방울 마시지 않았는데 취기가 돈다

깊어가는 여름,
개구리들이 울어대는 연못 위 낡은 차관에서

낡아지는지, 익어가는지

미로에서

'사랑'을 입에 담지 말 것

그리고 문장 밖으로 나오지 말 것

금기를 깨뜨린 순간 미로 속에 갇히고 말았다

머묾과 떠남 사이,

미로처럼 얽힌 좁은 골목길에 서서

틈새로 보이는 하늘을 오래도록 바라본다

첫눈

희끄무레하게 가루눈이 좀 뿌리다 말겠지
베이징에 오래 산 사람이라면 눈에 대한 기대가 없다
첫눈이 오면 만나기로 약속한 사람은 결국 만나지 못
했다

첫눈이 내리던 날
대신 만난 이들과 희미한 불빛 아래 소곤거리며 조용
히 웃었다
그 사이 눈은 소리 없이 날리고 가만히 쌓여갔다

뽀드득뽀드득 눈을 밟으며 돌아가는 길,

첫눈 오는 날 꼭 만나자고 약속했던 사람은 가루눈처럼 사라졌지만

정작 눈은 마음 홀리는 약속 따위 하지 않았다

그저 가만가만 내려와 내 어깨를 덮어줄 뿐

가장자리

삶은 저물어가고 나는 점점 더 가장자리로 다가선다.

조금씩 흐릿해지고 점점 멀어지는

그 언저리에 서서

미쳐 저물지 못한 마음이 저 멀리 따라오는 것을 바

라본다.

수레국화

푸른 보랏빛 수레국화

지난번에는 왜 보지 못했을까, 이렇게 고운 빛깔을

찻잎 사이에 그저 예뻐서 넣었다는 푸른 수레국화

푸른 꽃잎을 눈으로 확인한 것만으로도 기분이 좋아

졌다

파랑새를 찾은 것처럼

쌉싸름하면서 향긋한 행복이

입안에 고인다

아침

구차한 모든 말을 생략한 채 던지고 간

그 한 마디가 좋았다

"안녕"

문장

짧은 순간을 훔쳐야 가능한 첫 키스처럼,

찰나를 잡아채어 영원히 동결시키는

갖고 싶은 것

　어느 날 문득 갖고 싶은 게 생겼다. 소유욕과 의욕이 사그라들던 시기에 왜 하필 나무가 갖고 싶었을까. 나무에 대한 욕심이 생긴 이후, 심지도 않은 나무가 자라 꽃을 피우고 열매를 맺었다. 나무의 모습은 매번 달랐지만 붉은 감이 열려 있을 때가 많았다.

　여행 중 어둠이 채 내리기도 전에 잠이 먼저 쏟아졌다. 일찍 들어왔던 잠이 나를 버려두고 떠나면, 오랜 시간 까만 방에 홀로 깨어 있었다. 창호지를 통해 동이 트는 모습과 일제히 울리는 새들의 노랫소리가 좋았다. 문을 열면 달콤한 공기가 살며시 드나들곤 했다. 그때

적막 속에서 조용히 내게 손을 흔든 건 감나무였다.

감나무에는 아직 익지 않은 작고 푸른 감들이 올망졸망 달려 있었다. 나무는 푸른 잎을 흔들며 감이 익으려면 아직 멀었다고 말해주는 듯하다. 아직 심지도 않은 나무의 감이 익기를 기다리는 조급한 내 마음을 다 안다는 듯.

겨우 두어 달 뒤에도 어디에 머물지 모르는 삶. 어쩌면 그저 뿌리를 내리고 싶었는지도 모르겠다. 한 자리에 굳건히 서 있는 나무에 기대서라도.

잘 닦인 창

가을비에 씻긴 하늘이 거울에 비친다

거울 속 사푼사푼 날아오르는 나비의 날갯짓 따라
무겁던 내 팔도 함께 너울거린다

가만히 눈을 감았다 뜨는데 그만,
거울 속 나와 눈이 마주치고 말았다

거울처럼 나와 마주 서 있는 그녀는
창밖에 매달리듯 서서 창문을 닦고 있었다

순간 갠 하늘 같이 환한 웃음이 쏟아졌다

어쩌면 그녀가 닦고 있던 건 창이 아니라
내 마음속에 숨어든 어둠이었는지도

창을 닦다 보면

마치 세상의 한 끝을 닦는 것 같다

어둠의 문을 열고

맨 처음 세상으로 나온 아이의

맑은 눈을 들여다보는 것 같다

_ 「생활」 중 일부, 안재찬

비밀 없는 스핑크스*

먼지 속에서 낡은 종이를 접어 꽂아 둔 작은 상자가 눈에 띄었다. 손으로 적은 연락처들, 이제는 존재하지 않을 오래된 전화번호들 사이에서 문득 낯선 이름이 보였다.

편지다. 대학노트를 찢어 쓴 편지 말미에 남편의 이름이 적혀 있다. 고이 접어 간직해 둔 걸 보면 결국 편지는 그녀의 손에 들어가지 못했을 것이다. 편지에는 연도도 날짜도 없었지만 '새벽'이라고 적혀 있었다. 그가 고민하며 세웠을 밤과 편지를 쓰며 맞았을 그 새벽을 가만히 상상해 본다. 그녀는 결국 받아보지 못했을 그

---

* 오스카 와일드의 단편소설. 머치슨 경은 알로이 양을 사랑했지만, 그녀의 비밀을 풀려다 그녀를 잃고 만다. 몇 년 뒤 머치슨 경은 그녀가 그저 비밀스러운 분위기를 즐긴 것뿐 실제로는 '비밀 없는 스핑크스'라는 것을 알게 된다.

의 마음을.

없앨까 잠시 고민했으나 젊은 날 그의 마음을 차마 구겨버릴 수 없었다. 대신 두근거리는 마음으로 편지를 천천히 읽었다. 누군가에게 마음을 빼앗겨 아파하는 절절한 사연이나 사랑에 빠진 남녀들이 주고받는 밀어 따위를 기대했던 나는 아무것도 발견할 수 없었다. 오래 머뭇거리다 점잖게 떠나보내는 이의 아쉬움뿐.

남편의 비밀 같은 건 찾아낼 수 없었다. 질투 나는 대목을 발견하기를 정말 바랐던 걸까. 어쩌면 나는 채 밝혀지지 않은 미지의 영역이 남아있음에 안도하고 있는지 모른다. 더 이상 궁금하지 않다는 것만큼 슬픈 일은 없을 테니까.

먼지 쌓인 낡은 문서들을 다시 뒤적인다. 비밀을 찾아가는 길은 여전히 설렌다.

매미

잠시 반짝 해가 나는가 했더니 다시 비가 내린다. 맹렬하던 매미 울음이 뚝 그쳤다. 매미는 젖은 날개를 가만히 모으고 죽은 듯 앉아 비가 멈추기를 기다릴 것이다.

비가 언제 그칠지 모르듯 언제 올 지 모르는 당신을 기다리는 시간, 아무것도 할 수 없는 그 시간이 여전히 내게는 힘들다. 어쩌면 그래서 당신이 막상 다가왔을 때 제대로 '울지' 못하는 거겠지.

기다림은 일상, 울음은 찰나의 축제인 것을.

얼굴

오랜 세월 꼭 쥐고 있던 주먹을 펼쳐 본다

손가락을 세울 때마다

바스스 부서지다 사라지는 얼굴

텅 빈 손바닥을 오래도록 바라본다

너의 얼굴은 이제 까맣게 잊었지만

결코 지울 수 없는 건

그리움

머묾과 떠남 사이,

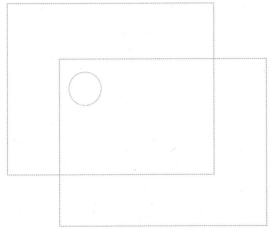

틈새로 보이는 하늘을 오래도록 바라본다

바보

   '바보'란 말의 원래 의미는 '밥만 먹고 하릴없이 노는 사람'이었다. '바보'는 '밥＋보'에서 'ㅂ'이 탈락된 형태고 '보'는 울보, 겁보, 느림보와 같이 체언이나 어간의 끝에 붙어 사람을 나타내는 말이다. 후에 하릴없이 노는 사람에 대한 경멸이 더해지면서 '바보'는 '어리석은 사람이나 멍청이'를 가리키게 되었다.

   바보를 경멸하기는커녕 오히려 부러워한다. 밥만 먹고 하릴없이 노는 일은 내가 잘하지 못하는 일이기 때문이다. 어디 무인도에 처박아 놔도 누군가 태엽을 감아 놓은 시계처럼 째깍째깍 끊임없이 뭔가를 할 사람이

기에, 나는 바보가 부럽다. 창조란 '일'이 아닌 '놀이'에서 나온다는 것을 알기에 하릴없이 노는 사람을 늘 동경한다.

똑똑하다는 사람보다 왠지 어리숙한 면이 있는 사람에게 끌리는 건 왜일까. 티 하나 없이 말끔하고 완벽한 사람보다는 어딘가 빈틈이 있는 '바보'에게 어쩐지 자꾸 마음이 간다.

언젠가 한 배우의 우스꽝스러운 사진을 본 적 있다. 모델처럼 큰 키에 세련된 포즈로 찍은 사진만 보다 바보처럼 찍힌 사진을 보니 왠지 정감이 더 갔다. 알고 보니 그 사진은 비가 많이 오던 날 멀리서 팬이 던져준 꽃다발을 받으려다 미끄러져 넘어질 때 찍힌 것이었다. 어리숙한 모습을 본 후 오히려 그가 더 좋아졌다. 바보 같은 표정과 몸짓 뒤에 숨어 있는 따스함을 보았기 때문일 것이다.

어쩌면 그가 보이는 빈틈 사이로 스며드는 빛이나 바람의 온기를 좋아하는 건지도.

이상한 정상

학부 때 심리학을 전공했는데 특히 이상심리학 (Abnormal Psychology)에 매료되었다. 소위 정상이라는 사람들이 만들어 놓은 표준(norm)이 부조리하고 부당해 보였기 때문일까. '이상' 행동들에 자꾸 끌렸다. 거식증* 환자처럼 한동안 음식 먹기를 거부하다 폭식증**환자처럼 한꺼번에 음식을 몰아넣고 토하기를 반복하기도 했고, 두 달여 동안 초콜릿과 물, 커피 외에 다른음식을 일절 거부하기도 했다. 다중인격장애***를 흉내내어 다른 이름과 다른 성격으로 살아 보기도 하고 심지어 캠퍼스 잔디밭에서 미친 사람처럼 소리를 질러보

---

* 거식증: 장기간 심각할 정도로 음식을 거절함으로 나타나는 질병
** 폭식증: 단기간 많은 양의 음식을 섭취하고 구토 등을 통해 체중 증가를 막으려는 비정상적인 행위를 반복하는 증상

기도 했다. 여자 친구의 기습 키스에 입술을 내어 주기도 하고 사르트르와 보부아르 같은 '계약 결혼' 대신 '계약 연애'를 시도해 보기도 했다.

그저 다수와 다르다는 이유로 악하거나 틀렸다고 판단하는 걸 거부하고 싶었다. 이해할 수 없거나 시기하는 마음으로 누군가를 '이상'하다고 몰아가는 데 동조하지 않겠다고 온몸으로 저항하던 시절이었다.

반대로 튀지 않으려 애쓰던 때도 있었다. '모난 돌이 정 맞는다'고, 한번 '이상'하다고 정의되면 얼마나 무섭게 소외당하는지 알기에 내 색깔을 모두 지우려고 애썼다. 적당히 남들과 비슷한 듯 묻혀 지냈지만 속으로는 늘 외로웠다. 그래서인지 실제 삶이 벌어지는 세상보다 무의식이나 상상, 꿈의 세계에서 더 편안했다.

여전히 세상은 '다름'을 종종 악으로 규정한다는 걸 잘 알지만 그럼에도 나는 다르고 싶다. 내가 남들과 똑같다면 나는 도대체 누구일까. 이상하게 들리겠지만, 이런 나는 지극히 정상이다. 이상한 정상.

---

* 다중인격장애: 정체성 결여 문제로 자신이 누구인가에 대해 혼돈스러워 하고 때로는 자신을 다수의 인격으로 경험하는 장애

다리를 걸어가는 동안

"걸어가는 동안 한 사람이라도 나에게 미소를 보내면 뛰어내리지 않겠다."

이 유서를 쓴 사람은 안타깝게도 결국 급류 속으로 사라졌다.

세계에서 두 번째로 자살을 많이 하는 곳으로 알려진 금문교. 개통 75주년 기념식이 있던 2012년에 그곳에서 자살한 사람 수가 천 5백 명을 넘어섰으니, 카운트가 천에서 천 5백으로 달려가는 어느 무렵이었을 것이다. 수많은 차와 사람들 사이에서도 사람을 지독히 외롭게 만드는 묘한 다리, 그 위를 걷는 내내 바람이 후려갈기는 따귀를 수없이 맞았다. 어느 순간 정신을 차려 보니 난간 너머로 몸이 반쯤 넘어가 있었고, 그때 내 어깨를 세게 잡는 투박한 손길이 느껴졌다.

실제로 한 해 동안 이렇게 누군가에게 어깨를 잡혀 마음을 바꾼 사람이 118명*이나 된다. 천 5백 명 정도가 목숨을 잃는 동안 살아남은 자는 겨우 열 명이 조금 넘었다니, 치사율이 거의 100%라는 말은 과장이 아니다. 이렇게 치사율이 높은 다리를 일부러 찾아오지만 자살을 시도하는 사람들 중 80% 정도는 마음을 돌릴 준비가 되어 있는 사람들, 곧 누군가 붙잡아 주기를 간절히 원하는 사람들이다. 금문교에서 뛰어내렸다 생존한 십여 명 전원이 다리에서 떨어지던 3분의 2 지점에서 자살하려던 이유가 사실 별것 아니었음을 깨달았다고 증언했다.

다리를 건너며 한 번쯤 일렁이는 깊은 물을 오래도록 바라보지 않았던 사람이 있을까. 지금 이 순간에도 흔들리고 있는 수많은 이들이 미소 한 번 지어줄 누군가를 간절히 기다리고 있을지 모른다.

---

* 2013년 통계로 같은 해 자살에 성공한 사람은 46명이었다

아이리스 머독**은 수많은 도덕적 가치 중 '관심'을 가장 중요한 가치로 꼽았다. 자기로부터 벗어나 나오는 완전히 다른 존재에 관심을 갖는 것이 사랑이라고 보았기 때문이다. 오래전 그날 다리 아래를 바라보며 몹시 흔들렸던 내 어깨를 누군가 슬며시 붙들어 주었을 때, 그의 손이 다리 아래로 떨어지려는 내 몸을 물리적으로 막아준 건 아니었다. 그저 내 안으로 함몰되어 있던 관심을 밖으로 끌어내어 주었을 뿐.

여전히 깊고 푸른 강물을 내려다보며 흔들릴 때가 있다. 하지만 이제는 그럴 때 고개를 들어 주변을 둘러본다.

** 아이리스 머독 (1919~1999) 영국의 철학자 겸 소설가

수국

한바탕 쏟아진 장맛비 후

꽃잎 떨구는 수국 사이를 걷다 길을 잃었다

시간의 숲을 헤매다

기억의 숲을 헤매다

바위에 고인 빗물

그 위에 떨어진 붉고 푸른 꽃잎들,

한때는 진심이었으나 결국 변하고 마는*

---

* 수국의 꽃말 – 진심, 변덕. 수국 꽃잎은 토양의 화학적 성질과 영양 상태에 따라
색깔이 변한다.

후퉁*(胡同)에서

좁은 후퉁에서 건너편에 사진기를 세워놓고 나란히
앉았다

셋, 둘, 하나, 찰칵!

때마침 휙 지나가던 자전거에 반쯤 가려진 우리의 모
습이 좋다

가려진 얼굴 대신 이야기가 남아서

---

* 후퉁(胡同): 중국어로 '골목'이라는 뜻. 보통 자금성을 중심으로 3천여 개가 실핏
줄처럼 뻗어 있는 베이징의 전통적인 뒷골목을 말한다.

침묵의 소리

아무리 열망해도 소리의 온전한 공백을 경험하는 건 불가능하다. 하지만 끊임없이 쏟아지는 말들의 채널을 잠시 꺼둘 수는 있다. 굳이 이른 새벽 내 몸을 일으키는 것도 말이 사라진 여백의 시간이 간절하기 때문일 것이다.

입술을 닫으면 온몸의 세포들이 활짝 열린다. 욕실 안에 김이 조용히 서리는 모양과 움직일 때마다 물결이 출렁이는 소리. 머뭇거림 없이 째깍째깍 시간을 먹어 들어가는 시계 소리. 바람에 맞춰 흔들리는 촛불과 고요히 따라 움직이는 이글거림. 텀블러에서 새어 나오는 커피 향. 말이 사라진 자리, 모습은 선명해지고 향기는 진해지며 소리는 더없이 또렷해진다.

　반쯤 열린 창문으로 새어 든 바람이 살갗을 간질인다. 함께 들어온 희미한 달빛이 귓속에 속삭여둔 내밀한 비밀을 귓바퀴가 감아 들이고 알전구에 불이 들어오듯 불이 켜진다. 궁금해진 나는 손가락으로 창문을 살포시 밀어 조금 더 열어 본다. 바깥에서 들어온 달콤한 향기가 사방으로 퍼지자, 희끄무레하게 하늘에 붙어 있던 달이 조금 더 선명해졌다.

　새벽달이 떨어뜨린 은빛 비늘이 소리 없이 소복소복 쌓여 간다.

봄 흙

퍼석퍼석

겨우내 얼었다 녹았다 하며

헐거워질 대로 헐거워진

나

봄을 끌어올리느라 여전히 목마른 나무가

거칠고 날카로운 손가락을

내 살 속으로 깊이깊이 찔러 넣고

있는 힘껏 빨아댄다

붙들고 있는 한 줌 빛도 바람도 없어

아무것도 내어줄 게 없는데

살살 갈아엎어 봄볕도 좀 뿌려주고 봄바람도 쐐 주지
꾸욱 꾸욱 눌러 밟아도 주고

봄 햇살 두 컵에
봄바람 세 스푼
천천히 내리는 봄비 한 대접

보슬보슬 떨어지는 빗방울에 몸을 실어
공기 중으로 떠올라 보게
부풀어 오르다 '톡'하고 터질 때 '훅'하고
짙은 체취도 풍기면서

사랑이라는 낡은 말

뽀얀 거품, 눈부신 햇살, 막 내린 커피 향, 갓 구운 빵 냄새, 흰쌀을 뿌린 듯 총총히 박힌 별들, 폭신한 흔들의자, 여백에 적어둔 손 글씨, 따스한 스웨터, 달콤한 마시멜로우, 불쑥 이마에 입 맞추는 입술, 따스한 포옹,

......

닳고 낡은 말 대신 쓰려고 말을 고르다 그만
까무룩 잠이 들었다.

꿈속에서 만난 당신에게 건넨 말은 결국
"사랑해."

꿈 일기

연결되지 않고 서로 이해할 수도 없는 두 세계를 하루도 빼놓지 않고 건너 다닌다. 그 여행 기록인 '꿈 일기'를 쓴 지 5년이 넘었지만 일기의 양은 턱없이 적다. 날마다 꿈을 꾸지만 대부분 꿈을 꿨다는 사실마저 망각하기 때문이다. 꼭 기억해야지, 다짐하며 일어나도 화장실을 다녀오거나 커피 한 잔을 끓이고 나면 그토록 생생했던 꿈이 인상마저 깨끗이 지워진다.

어쩌다 꿈을 기억한다 해도 꿈의 한 자락을 간신히 물고 다급히 빠져나오듯 깨곤 한다. 그렇게 물고 나온 조각들을 열심히 그러모으지만 결국 퍼즐을 맞추지 못할 때가 많다. 깨어난 순간, 꿈의 세계에서 통용되던 논

리와 언어를 까맣게 잊어버리기 때문이다. 꿈 일기에 적어 놓은 문장들이 대부분 아리송한 것도 그 때문일 것이다. 심지어 세상에 없는 단어들도 종종 등장한다.

답답한 마음에 해몽서를 찾아본 적도 있었다. 가끔 솔깃한 해몽도 있었지만 모든 사람의 꿈을 동일한 방법으로 해석한다는 게 어쩐지 신뢰가 가지 않았다. 예를 들어 꿈속에서 누가 죽으면 길몽이라고 하지만 꿈속에서 여럿 죽어나간 날도 내게 아무런 좋은 일도 생기지 않았다. 꿈에서 국물이 있는 음식을 먹으면 감기에 걸린다든지, 어린아이가 나오면 근심이 생긴다는 말도 믿을 수 없었다.

해독이 어려운 '꿈 일기'를 계속 써나가는 건 아마도 '다른 세계의 나'를 알고 싶기 때문일 것이다. 또 다른 내가 내게 애타게 전하고 싶어 하는 메시지는 과연 무엇일까. 짙은 안갯속에서 간혹 흐릿한 발자국 같은 걸 찾아내기도 한다. 문이 없는 화장실이나 벽이 유리로 된 집, 노출된 침대, 집 안에 침입한 이름 모를 불청객 같은.